微不足道的一切

哲贵　著

一切

浙江文艺出版社
Zhejiang Literature & Art Publishing House

图书在版编目（CIP）数据

微不足道的一切 / 哲贵著. -- 杭州：浙江文艺出版社，2025. 5. -- ISBN 978-7-5339-7960-7

Ⅰ. I247.5

中国国家版本馆CIP数据核字第2025J8G567号

策划统筹	王晓乐	封面设计	吴 瑕
责任编辑	周 佳	版式设计	徐然然
责任校对	唐 娇	营销编辑	詹雯婷
责任印制	吴春娟	数字编辑	姜梦冉 诸婧琦

WEIBUZUDAO DE YIQIE

微不足道的一切

哲贵 著

出版发行	浙江文艺出版社
地　　址	杭州市环城北路177号
邮　　编	310003
电　　话	0571-85176953（总编办）
	0571-85152727（市场部）
制　　版	浙江新华图文制作有限公司
印　　刷	杭州富春印务有限公司
开　　本	787毫米×1092毫米　1/32
字　　数	56千字
印　　张	4.875
插　　页	4
版　　次	2025年5月第1版
印　　次	2025年5月第1次印刷
书　　号	ISBN 978-7-5339-7960-7
定　　价	45.00元

献 给 我 的 父 亲

目 录

微不足道的一切

壹

丁小武碰到难题了。其实，不是他的难题，是父亲丁铁山痴呆了。不过，反过来讲，这也是他的难题。

丁铁山的病，是半年前出现征兆的。他走着走着，迷路了。他是个四海为家的人，是个探路和开路的人。迷路，对他来讲就是耻辱。他的另一个症状是遗忘，迎面碰到一个人，记忆中似曾相识，却想不起"来者何人"。

刚开始，丁铁山并没有认真对待，他对身体

很自信。他年轻时练南拳的刚柔法，一身硬功夫，两三个人近不了他的身。他了解自己的身体，也充分信赖，只要休息两天，就能调整过来。

丁铁山的病来得猛烈，像夏天的雷阵雨，一声霹雷炸响，雨点迫不及待地砸下来。好像是蓄谋已久，更好像是不由分说，不到半年时间，他就完全失去记忆。有人叫他丁铁山，他认真地问："丁铁山是谁?"

痴呆后，丁铁山还是喜欢到处走，这个职业习惯他依然保持着。可他找不到回家的路了，更找不到家门，只能站在路边发呆，直到有人问他："你是谁?"

他说："丁小武。"

"在这里等谁?"

"丁小武。"

"你家住哪里?"

“丁小武。”

“你家里还有什么人？”

“丁小武。”

警察每一次都将电话打到丁小武手机上。丁小武放下手头的活，开着富康车，急匆匆赶往派出所。隔两天，丁小武又得去一趟派出所。

丁小武带他去信河街人民医院做检查，身体各个器官都没问题，也都有点问题。没有查出病因，医生没办法对症下药。换一家医院，也一样。

丁小武思来想去，最后将他送入养老院。

丁铁山在养老院住了不到一个月，就被遣送回来了，因为他在里面演绎“武打片”。他功夫还在，出手动脚更是没轻没重。话说回来，打养老院里的老头老太也不太需要功夫，丁铁山一伸手，摞倒一个，一抬腿，又一个躺下。相当地轻松，相当地好玩。他上了瘾，乐此不疲。

养老院只好将他送回来。再不送他回来，肯定出人命。

丁小武将他送回石坦巷的单身宿舍，请了一个保姆照顾他。丁铁山这一次倒没有对保姆"动手动脚"，他知道这是在自己家，要斯文。

但是，一个月后，保姆跑了，因为丁铁山在床上拉屎拉尿，不管不顾了。丁小武一连请了三个保姆，每一个都做不到一个月，最后一个只做了一天，不辞而别。

丁小武每一次去石坦巷，丁铁山都会面无表情地高喊一声"丁——小——武——"。每一个字都有一个拖音，"武"字拉得更长，像唱歌。丁铁山每喊一声，丁小武心里就刺一下，莫名其妙地想大哭一场。

在丁小武看来，父亲是决绝性格，从不拖泥

带水，从不儿女情长，说话从来是斩钉截铁的。当然，这只是丁小武的看法，他和父亲没有作过沟通。他对父亲的认识，从来是站在外围观看。而父亲呢，在丁小武的记忆中，也从来没有主动跟自己谈过心。在丁小武心里，父亲像个战士，他在销售科工作，东征西战，周游全国。而丁小武只是一个工人，一个模具工人，他的世界只是一个车间。他们是两个世界的人。相貌也不同。父亲是瘦高个，手长脚长，像只鹭鸶。丁小武的个子不算矮，接近一米七，但他骨骼粗壮，像只猩猩。还有，他有两颗明显的虎牙，父亲没有。最主要的是，两个人不亲。父子之间，亲不亲，不是指两个人之间有没有话，能不能聊起来，而是指两个人见面，什么话也不用说，甚至都不用看对方一眼，那股血脉关系的亲情就会流淌起来，就会荡漾起来。丁小武和丁铁山没有这种感觉，不亲。

丁小武自认不是一个冷漠的人，用妻子柯又红的话说，他是"拖拉机"。丁小武承认，在很多时候，他是犹豫不决的，是能拖就拖的。他是个软性格。相比之下，丁铁山立场坚定，处事果断。

有一件事，丁小武印象深刻。他和柯又红属于"无证驾驶"，结婚前就住在一起——柯又红的宿舍，很小，只有二十三平方米。丁铁山住在石坦巷，他的宿舍有二十六平方米，多出来的三平方米，是一个卫生间。结婚前，柯又红让丁小武去跟丁铁山商量："我们结婚，你爸一分钱没拿，对换一下宿舍总可以吧?"

柯又红这么说是有道理的。信河街的风俗，子女结婚，男方父母是要准备一间婚房的。而他父亲"屁也没放一个"。其实，丁小武并没有对丁铁山说过结婚的事，丁铁山并不知道有柯又红这个人。柯又红想跟丁铁山对调房子，让丁小武为难了。他开不了口。柯又红干脆将话挑明了："如果你开不了口，这个坏人让我做。我去讲。"

"还是我去吧。"说出这句话，是丁小武的本能反应。他知道柯又红说到做到，而她和丁铁山根本没有见过面，一见面就说调换房子的事，想想都难为情。但是，话一出口，丁小武就后悔了，后悔死了。柯又红想去，让她去好了，是她想调房子的。

丁小武一直拖着没去见丁铁山，拖一天是一天。直到结婚前一个月，柯又红再一次问丁小武："调换房子的事，你爸怎么说？"

丁小武这次老实了："我还没说。"

柯又红早就猜到丁小武会这么说，不抱希望了："你是不是不想问了？"

丁小武觉得还是要实事求是："我开不了口。"

柯又红生气了，应该说是很生气。跟自己父亲有什么开不了口的？又不是抢他的房子，是调换，只差三平方米而已。但柯又红没有发作，她很清楚，对丁小武发作有什么用？解决不了问题的。她说："我知道你脸皮薄，我脸皮厚，我去总行吧？"

这一次，丁小武没有说行，也没有说不行。他本来想说——"要不要我跟你一起去"，话到嘴边，又吞下去了。

柯又红去石坦巷12号201室找丁铁山。

进门之后，柯又红先环顾了一下房子。其实，也不需要环顾，单身宿舍的结构都差不多。柯又红关注的重点是卫生间。她只关注卫生间。就在靠近阳台的角落里，卫生间的门开着，一览无余。很小，小得刚刚容得下一个人，如果是个胖子，转身都困难。可是，够了，足够了。这不是大与小的问题，而是有与无的问题。其实，也不是有与无的问题，这是先进与落后的问题。更进一步讲，这是生活质量的问题。有卫生间的生活是完满的，没卫生间的生活是不完满的。差别就在那三平方米。就这么简单。对于柯又红来讲，她马上要跟丁小武结婚了，调换丁小武父亲有卫生间的宿舍，过分吗？当然不过分。名正言顺。理所当然。

柯又红先作了简单的自我介绍，然后说了调换宿舍的事。言简意赅，直奔主题。不是商量，不是要求，不是请求，而是宣布。丁铁山直直地看了她好长一段时间，他觉得这个女人的脑子肯定进水了，肯定塌掉了，丁小武的眼睛肯定也瞎掉了，找了这么个"条直"的女人，这种事轮得到她来讲吗？要来也是丁小武呀，她还没过门呢，算个球？丁铁山斩钉截铁地说："想要我的宿舍，门都没有。"

柯又红纠正说："不是要，是调换。"

丁铁山更坚定地说："调换也不行。"

一开始就僵住了。也不是僵住，而是一开口就谈崩了。不可调和。不留余地。双方各踞一边，互不相让。也不存在让的问题，没有沟通，没有商量，事情从一开始就变成水火不容。两个人都是气势汹汹。两个人都是杀气腾腾。

柯又红生气了。她的生气是理直气壮的，是义正辞严的，她质问丁铁山："丁小武是不是你的儿子？"

这个问题火上浇油了。这不是质问，而是侮辱，丁铁山的态度已经很不好了："是又怎样？不是又怎样？"

柯又红听出了挑衅，听出了无可无不可，听出了逃避。哪有这样做父亲的？一个父亲怎么能说出这种混账话？柯又红不是生气了，而是可怜；不是可怜自己，而是可怜丁小武，他有父亲，又没有父亲。她为丁小武感到不值，也感到羞辱，她对丁铁山说："如果是，你就承担责任；如果不是，以后丁小武就没你这个父亲。"

这就是威胁了。丁铁山原本是冷静的，这时更加冷静了，跟一个脑子不灵清的人，有什么好讲的？他准备速战速决："那是我和丁小武的事，轮不到你来指手画脚。"

柯又红很伤心，但她没有表现出来。那就铁了心吧，不就是三平方米的卫生间吗？不要了。她突然对丁铁山笑了一下，说："是的，确实轮不到。再见。"

柯又红说的"再见"，其实就是不见。从转

身离开201室的那一刻开始，她就迅速删除了调换的念头，同时，也删除了丁铁山这个人。他不是丁小武的父亲，丁小武没有这个父亲。退一步说，即使他是丁小武的父亲，跟她也没有关系，没有任何关系。她割断了。本来就没有连在一起，一割就断。此生不再相见。

所以，他们结婚时，丁铁山没有出现。是柯又红不让丁小武通知他的。柯又红对丁小武说"有他没我"。但丁小武还是偷偷告诉丁铁山了，结婚这么大的事，于情于理都应该说一声，但他没有说结婚日期。丁铁山问他有什么需要，他说没有。丁铁山又问："确实没有？"他说："确实没有。"丁铁山就不再问了。摆结婚酒席时，只有女方家长出席，有人问起来，丁小武说他父亲出差了。酒席地点是柯又红定的，在华侨饭店，四星级，当时信河街只有这一家四星级饭店。柯又红不是一个铺张浪费的人，但是，她说了：
"丁小武，结婚就一次，铺张浪费怎么啦？"

丁小武连连点头。

柯又红说到做到，从那之后，再也没有提过丁铁山的名字。在她的生活里，丁铁山是一个不存在的人。包括他们的女儿丁点点出世，包括他们搬迁到公爵山庄新居，丁铁山都是缺席的。但她知道，丁小武跟丁铁山有来往，包括派出所给丁小武打电话，让他去领丁铁山，她每一回都听得明明白白的，但从不过问。她只有一个要求，是在他们结婚之前提出来的：丁小武不能在家里提丁铁山的名字。当然，丁小武也不会提。在家里提丁铁山的名字，不是没事找事吗？

丁小武没觉得这种关系有什么不对，不来往就不来往，双方都清净。眼不见，心不烦，挺好。可是，现在的问题是，丁铁山成了一个生活不能自理的傻子，柯又红可以不管，他能不管吗？丁小武觉得不能。也不是内疚，不是。只是每一次看着已经不认识自己的丁铁山，他会心酸，也不是心酸，而是无端地悲从中来。

他当然没有哭。一次也没有。又过了半年，就在除夕的那一天，丁小武突然跳出一个念头——将丁铁山接到公爵山庄。

这个念头太疯狂了。无法经过柯又红那一关。过不了的。柯又红不可能接受丁铁山住进公爵山庄，她会毫不犹豫地捍卫自己的主权和领土的完整。公爵山庄是她的家，是她的城堡，是她的王国，她绝不会让别人踏入一步。丁铁山更别想。是的，即使他变成了傻子也不行。

但是，作为丁小武，明知柯又红不会答应，他却还是要将这话讲出来。果然，柯又红听了之后，没有任何犹豫地说了两个字："不行。"

停了一下，她又补充一句："你如果一定要他住进来，我搬出去。"

这就是断了退路了。她没有理由搬出去的，也不会搬出去。这是"没有商量"的意思了。丁小武当然明白她的意思，也早就料到她会这么说。可他还是想从柯又红嘴里得到证实。他满意了？当然不满意。他站在满意和不满意之间，一头是父亲，另一头是妻子。他想平衡两头，可是，做不到。不过，当他听到柯又红的答复时，居然有一种如释重负的感觉，居然有一种身轻如燕的感觉，他用犹豫却又坚决的口吻说："你不用搬出去嘛，我搬出去。"

出乎意料了。柯又红不能理解丁小武的话，更不能理解丁小武的行为，她跟这个男人"睡"了几十年，却一点也不了解他。她的心突然冷下来了，是绝望的冷，她面无表情地说："随便。"

贰

这一年，丁点点大学毕业了。

四年大学，她做了五件事：家教、支教、旅游、当学生会副主席和谈恋爱。当学生会副主席是在大二，当上之后，她发现还要到社会上拉赞助，立即谈恋爱去了。

丁点点在大学谈了两次恋爱。第一次是和学生会里的师兄，是师兄主动追她，说"你是我梦寐以求的人"。毕业时，他的"梦"醒了，双方很客气地说"拜拜"。第二个是学生会里的师弟，名字叫季增石，比她低一级，是她主动的，属于"老牛吃嫩草"。她追季增石只有一个原因，他笑起来时，会露出两颗小兔牙，相当地讨她欢心。丁点点毕竟谈过一次恋爱，是"过来人"，不再矜持。几乎没有征求季增石的意见，直接将他收归"麾下"。

季增石读的专业是营销。这个专业相当"开阔"，什么都学，却又什么都没学，很神奇的。季增石是个沉默的人，一天说话不超过三句。他觉得这样很酷，很有个性，更主要的是，他觉得自在，有什么话可以在脑子里和自己说，自得其乐。丁点点和他谈恋爱后，他对丁点点也是"惜话如金"，丁点点威胁他："你是不是不喜欢我？为什么半天没跟我说一句话？"

他立即用无辜的眼神看着丁点点，露出两颗小兔牙。丁点点继续威胁他："你再不说话，我真的生气了。"

这话一出口，丁点点都觉得自己有点"为老不尊"了，忍不住笑了起来。季增石见她笑个不停，摸着脑袋，一脸惶恐地看着她，喃喃地说："我说我说。"

他还是什么也没有说。

季增石在学生会负责电脑维护，没有他解决不了的电脑问题。丁点点发现，他看电脑的眼神比看她的眼神明亮得多，完全是要一口将电脑吃掉的架势。这让她嫉妒，丁点点希望他能用这种眼神看自己。好多次丁点点故意弄坏学生会的电脑，以泄心头之愤。后来她发现，这一招正中他下怀，让他有更多时间和电脑待在一起。丁点点立即改变策略，学生会的电脑谁也不能动，她让季增石加了锁，只有她才能打开。

毕业了，丁点点也和季增石"拜拜"了。没

有举行任何仪式，甚至连招呼也没有正经打一个。根本不需要嘛，潮涨潮落，缘聚缘散，随便了。本来就算不上有很深厚的感情，也就不存在离散的痛苦。毕业之前，丁点点已经考入一所中学当语文老师。实习啊，毕业论文啊，答辩啊，各种聚会啊，忙得晕头转向。到了上班的学校，新手上路，手忙脚乱，根本顾不上痛苦。

丁点点算是走向社会了，有了一份正式工作。学校离家只有十五分钟路程，丁点点也没想在外面租房子独住。她知道，如果提出来，柯又红肯定会同意的。丁小武心里估计舍不得，但他肯定不会说出来。丁点点觉得住家里挺好，空间够大，最主要的是，他们不管，晚上多迟回去他们也不管，夜不归宿也不会问。柯又红是不愿意问。丁小武是想问又不好意思问。丁点点知道他们是"故意"的，都这么多年了，成自然了。这很好。这地方免费吃住，又不干涉个人自由，当然得住。再说了，这是丁小武和柯又红的家，同时也是她的家。

丁点点指的家，已经不是校场巷的宿舍了，而是公爵山庄的套房。

丁点点成长的二十年，是信河街翻天覆地的二十年，丁小武的经历没有大风大浪，却算随波逐流。丁小武原来是信河街模具厂工人，喜欢写点小文章，后来考进了文化局下属的杂志社。再后来，杂志封面登了一张大屁股女人照，他这个编辑就当到头啦，只好下海和朋友李其龙办打火机厂。

李其龙和丁小武是朋友，和柯又红是工友。柯又红是信河街火柴厂仓库保管员，李其龙是车间主任。丁小武和柯又红的认识，就是他牵线的。

李其龙做的是整机，分两大类：一类是一次性打火机，另一类是充气式打火机。李其龙胸怀大志，目标是做出世界上最好的打火机，比"都彭""登喜路"还要高级的打火机。为此，他专门去上海恒隆广场，花两万四千四百四十元，买来五只"都彭"打火机，将机身拆解，研究各个零部件和构成。他要做到知己知彼。

丁小武先跟李其龙合伙做了一年整机。他们是好朋友，却有本质区别。区别最先体现在世界观上。李其龙要的是大，工厂名字也体现他的追求：大世界打火机厂。工人和老板加起来不到二十人，厂房也是租来的，哪来的"大世界"？李其龙不管，这是他的气势，是他的格局，更是他的人生追求。大是李其龙的特点。丁小武有自知之明，他把握不了大，他的选择都是从"我"出发的，他对世界的认识是小，他只能想象看到的东西，只对看到的东西有把握。

工厂的生意"还可以"。什么概念呢？一年生意做下来，纳完税，还清货款，付清房租，发完工人工资，一结算，两个老板寒碜了，除了每月预支的两千元工资，年终分红也是两千元。

这种状况可以理解，两个老板的心思不在一块儿，力量也使不到一起。

那年春节过后，丁小武主动和李其龙谈了分家的事。丁小武对李其龙说："你做整机，我做配件。我还是归你管。"

丁小武又对李其龙说："我不是不想做世界上最好的打火机，而是不敢想。我要赚钱，要尽快买一套带卫生间的房子。"

紧接着，丁小武又补充一句："这也是柯又红的想法。"

话说到这个份儿上，李其龙还能说什么？

放行。

丁小武独立出来后，办了一家小工厂，做的配件是镍片，信河街人叫银片、限流片。限流片是打火机里的一个出火装置，出火口只有六微米，比头发丝还细，是真正的小本生意，赚的是辛苦钱。丁小武是做模具出身的，只要有一台冲床，火箭都能做出来，限流片不在话下。对于丁小武来讲，只要能赚到钱，累和苦，他不怕。

限流片做了十年后，丁小武终于实现愿望，购买了公爵山庄的房子。房子是柯又红看中的，顶楼，跃层，九跃十，最主要的是大，二百三十平方米，楼上楼下加起来，有三个卫生间。也就是说，他们一家三口，每个人都有一个卫生间，怎么用都行。为了奖励丁小武，柯又红给他买了一辆富康轿车。

又过了十年，信河街的限流片泛滥成灾了，

从最开始只有丁小武一家，变成了几百家。价格从一片一元，压到一片一毛——这生意没法做了。

刚好，丁小武将工厂关闭了，一门心思去石坦巷照顾丁铁山。

自从丁小武搬进宿舍后，丁铁山再也没有在床上拉屎拉尿过。他会突然高喊一声"丁——小——武——"，丁小武像屁股被人捅了一刀，一跃而起，一把将他抱起来，冲入三平方米的卫生间。丁铁山的喊声一天最少要响十次，没有任何规律，没有任何征兆，完全是突发性的，有时是午夜零点，有时是凌晨两点，中气十足，声音凌厉。

没有人理解丁小武为什么要这么做。从外人的眼光看，他是丁铁山的儿子，他在尽一个儿子的责任。但丁小武知道，这不是主要原因。主要原因是，他没想到，自己会以这种方式找回父亲，并以这种方式找回自己。在很多时候，丁小武觉得，自己并不是在照顾父亲丁铁山，而是在照顾另一个自己。

还有一个更隐秘的原因。这个原因，连丁小武自己也否认，但肯定存在：父亲丁铁山曾经是那么强壮和强大的人，现在却变成一个需要他照顾的傻子。孱弱。无知。浑浑噩噩。生不如死。他心里似有所得，却又怅然若失。实在是五味杂陈。

这种结果也是柯又红没有料到的。对于她来讲，她不能接受丁铁山来公爵山庄，也不能接受丁小武住到石坦巷宿舍。丁小武是"她的人"，她不会和任何人分享，即使丁铁山也不行。所以，丁小武搬到石坦巷，柯又红是有意见的，相当地大。可是，如果必须在"搬进来"和"搬出去"之间做选择，她选择后者。这是她的态度。但是，更大的问题来了，她没想到，丁小武居然连家也不回了，不闻不问了，"他的眼里只有父亲"，父亲成了他的命，成了他的唯一。

对于丁小武，柯又红是不满意的，几乎心灰意冷了。什么叫家庭？什么叫夫妻？只有同心同德才叫家庭，才叫夫妻。丁小武的行为极大地伤害了她，他居然为了那个无情无义的父亲抛弃了这个家，抛弃了她。她不能原谅丁小武这个行为，这辈子都不会原谅。柯又红做好一切准备了，她不会低头的，绝对不会。她要有力地证明给丁小武看：没有他，这个家照样是个家；没有了他，她也依然是她，而且，活得更逍遥更自在。

柯又红对丁小武的不满另有隐情，丁小武一身肌肉，看起来凶猛，可是，他在"那个事"上表现欠佳，最大问题是毫无章法。每一次都是横冲直撞，好像牛入羊群。可是，每当他找到出口，马上就全力以赴了，救火似的。每一次，柯又红的兴致刚刚上来，丁小武就径自"鸣金收兵"了。柯又红不满意，不满意极了。她每一次都让丁小武"慢一点"，柯又红说：你是做模具出身的，就当我是你手中一个模具，你要有耐心，要循序渐进，要精益求精，要把我当成一件艺术品来打磨。什么叫打磨？就是要有"打"有"磨"，要双管齐下，比翼双飞，而不是急吼吼地独自赶路。可是，丁小武屡教不改，不开窍，很不开窍。柯又红兴致索然了。而丁小武也知道自己没有"做"好，他每一次都想努力表现，可是，他越是努力，表现却越是差，几乎"无功而返"了，都心理自卑了。愧疚成了阴影，压力相当地大。日子一长，"那个事"成了两个人的禁忌，成了刻意避开的禁地。身体的荒芜慢慢演变成内心的荒凉，疏远了，很疏远了。似乎变得可有可无了，可内心的渴望却愈发激烈。急死人了。从柯又红的角度来讲，这样的丁小武在不在身边有什么区别？根本无所谓嘛。有点赌气吗？有点。赌气的点在于，丁小武是个"有能力"的男人，他却"故意"把事办砸。这就不可原谅了。这些话不能摆到桌面上来讲，羞于启齿啊。那么好吧，眼不见为净。这样的人有什么好留恋的？

柯又红对丁小武的不满，还跟一个叫董南妮的女人有关。

董南妮曾经是丁小武的"正牌女友"，或者说是"绯闻女友"——丁小武去兰州给董南妮送过毛衣。从信河街到兰州，何止千里，就为了送一件毛衣。这是什么情况嘛？明摆着的，这不是送一件毛衣那么简单。丁小武的解释是，他们是同事，同事间应该互相帮忙。那时，丁小武在文化局当编辑，董南妮也是。有半年时间，她在兰州大学接受培训。她到了兰州后，给丁小武打电话，说没想到兰州这么冷，冷得骨头都麻了。最要命的是，她忘带最喜欢的红色高领毛衣了。丁小武接到电话后，立即联想到西北的冰天雪地，仿佛看见瘦弱的董南妮被冻得瑟瑟发抖，甚至奄奄一息了。他立即决定千里送毛衣。他说这完全是自告奋勇，是本能反应，跟一个人掉进江里他伸手去救是一个道理。而且，毛衣送到之后，他赶当天的火车回来了。是一趟纯粹的送毛衣之旅，纯粹的好人好事。但是，在柯又红看来，这个解释根本站不住脚，漏洞百出啊。第一，董南妮去兰州不可能忘记带毛衣，而且是她最喜欢的毛衣。女人出门，可以忘记回家的路，甚至可以忘记自己的姓名，但绝对不会忘记带最喜欢的衣服。这是女人的特性。也就是讲，董南妮忘记带毛衣是故意的。第二，董南妮忘记带毛衣，为什么选择给你丁小武打电话？她怎么可能让一个非亲非故的男人不远千里送一件毛衣？于情于理都说不通。事情是明摆着的，她有想法。很明确了。第三，你去哪里拿董南妮的毛衣？当然是董南妮家。也就是讲，这件事，董南妮爸妈是知道的，也是首肯的。他们如果不认可，不会让你进他们家门，更不会让你拿走毛衣，没有毛衣，你去兰州送什么？第四，也是最重要的，董南妮一个电话，就将你招到了兰州。你奋不顾身地去了，是心甘情愿的。好了，你情我愿了，还有什么好讲的？嗯？

柯又红无法接受自己和丁小武之间藏匿着另一段故事，无论丁小武如何辩解都不行。柯又红拥有一个女人最敏锐最准确的直觉，丁小武不可能对董南妮没有"意思"，否则，他不可能送毛衣去兰州。除了爱情的力量，男人不可能有这么大的动力。

柯又红去过一趟文化局，也是唯一一次。以柯又红的性格，是不愿去丁小武单位的。她是自尊的。她是工人编制，进了机关，有无形压力，有巨大自卑。但柯又红决定去一趟。这一趟不一样了，她是以胜利者的姿态进入文化局的，她是以视察封地的姿态进入丁小武单位的。她必须走一趟。在丁小武介绍之前，她越过所有障碍，一眼就看到了娇小玲珑的董南妮。就是这么精准，就是这么神奇。她以为董南妮会慌张，会落荒而逃，甚至当场落泪。出妖怪了，董南妮居然同时盯上了她，四目相对，剑拔弩张。谁也没有开口，谁也不愿退缩。"战争"一开始就进入胶着状态，气氛相当激烈，相当惨烈。柯又红这次来文化局，属于"突袭"，她完全打了丁小武一个措手不及，丁小武完全乱了阵脚。一看见柯又红和董南妮对峙的架势，他腿都软了。他预感到，此时自己无论说什么，都会变成一条导火线，一场"战争"难以避免，而他肯定是引火烧身的。可是，这种情况之下，如果他不开口，这种无声的"战争"更加可怕，更有杀伤力，后果不堪设想。所以，丁小武只能牺牲自己，只能将笑容堆到脸上，拉着柯又红对大家说："这是我的女朋友柯又红，大家也可以叫她阿红。"

是这句话阻止了一场一触即发的"战争"。或者，换一句话说，是这句话让这场"战争"见出胜负——柯又红完胜。她和董南妮在僵持，在角力。两人都没有挑明，两人都心知肚明，完全是一场精神上的争夺战，谁也不让。谁也不会让，谁让谁输。可是，丁小武一开口，胜负立判了。柯又红要的就是这句话，她很满意。丁小武通过了她的考验。她更满意的是，这次彻底击垮了董南妮，从精神上击垮了她。但她没有轻易放过丁小武，她不会的，这辈子都不会。在出了文化局大门后，她向丁小武颁发了一道"圣旨"："从今往后，你不能和那个女人讲一句话，一个字都不能。"

董南妮后来嫁给一个文化局科员，嫁得相当潦草。没想到的是，她父亲作为文化局领导，放出话来，"在我退休之前不能提拔我的女婿"。这是什么混账逻辑？不提拔也就罢了，为什么要说出来？不说出来会死人吗？科员生气了，绝望了，更主要的是赌气，辞职下海去了。丁小武听文化局老同事讲，董南妮和科员婚后的生活并不顺，应该说是相当不顺，据说科员办了一家外贸公司，生意做得一般，私生活却相当出彩。董南妮提出离婚，他不肯，他说："你爸为了标榜自己清廉和正派，要将我耗死，他妈的，老子现在跟你死耗。"

就这么耗着。一直到科员查出结肠癌，他终于同意和她去民政局办离婚手续。出人意料的是，董南妮反而不离了。科员骂她："他妈的，你跟你爸一个德性，又臭又硬。"董南妮不还嘴。科员动手打她，她也不还手。她带科员去各地找医生，带他去上海做手术。去上海之前，她找到丁小武，向他借了十万元。工厂的钱由柯又红掌控，丁小武不敢动，也动不了。他是从客户那里直接提走货款，借给董南妮的。

柯又红知道这件事后，不肯了，她没有跟丁小武哭和闹，她只有一个要求，必须将十万元追回来。丁小武可以将钱借给任何人，但"那个女人"不行。丁小武后来将十万元交还给她，至于是不是从"那个女人"处追回来的，柯又红没问，伤心透了。

有了这两个污点，丁小武还值得珍惜吗？还值得挽留吗？随他去好了。她不需要这样的男人。不需要。

半年之后，考验柯又红的时候到了，她必须面对一个问题，这问题是她之前没有想过的：她的生活将如何维持？从表面上看，这个问题不值一提，因为柯又红未来的生活根本不需要担心。这些年，丁小武赚了一些钱，不出意外的话，这些钱足够柯又红用一辈子。再说，她有工资，退休之后有退休金。她无需为未来的生活担忧。但是，面对未来，柯又红第一次乱了方寸，产生了深深的恐惧。她的恐惧来源于：即使安坐在二百三十平方米的套房，她的眼前依然是一片虚无。

此时，她才发现，丁小武对于她是多么重要，对于这个家是多么重要。丁小武在时，他的意义和作用被日常生活屏蔽了。一旦离开，他的重要性凸显出来了，他的作用不只是在现实层面，更具精神意义。也是在这时，柯又红才猛然明白过来，她这辈子，不管愿意不愿意，也不管满意不满意，已经和丁小武捆绑在一起了。离不开了。

叁

柯又红对丁点点说："你去叫你爸搬回来。"

柯又红跟丁点点讲这句话时是一个周末，虽然住在一起，两人平时很少交流。丁点点一日三餐基本在学校食堂吃，不是食堂的菜好，而是她不愿面对柯又红。丁小武搬出去后，柯又红的脸色再也没有舒展过，好像丁点点欠她五千元，有种压迫感。丁小武在家时，他的虎牙能部分消解柯又红的凝重，丁小武一走，丁点点觉得家里的空气凝固了，好像空气也欠她五千元。喘气都吃力，何况吃饭。丁点点看了看她，故意说："他要服侍爷爷的。"

柯又红脸上没有表情："叫你爸带他回来。"

丁点点坚决地摇了摇头说："我不去。"

紧接着说："要去你自己去。"

柯又红撇了撇嘴，骂了一句："你这个死丫头，什么事都不干，养你有什么用？"

丁点点不会去的。这是母亲和父亲的事，是母亲和爷爷的事，是父亲和爷爷的事。他们的事他们处理，她不干涉。也不是不干涉，而是无法干涉，不能干涉。母亲既然要让父亲搬回来，她必须自己去面对。更重要的是，母亲还要面对爷爷。这是最重要的。这不是小事情，更不是一天两天的事情。母亲肯定知道，如果将爷爷接进家门，他将会在此生活到死，而谁也不知道爷爷什么时候会死。毫无疑问，这将是一个漫长的对峙过程。没错，对于母亲来讲，就是对峙。母亲每天得面对爷爷，这将是她此后每一天的重要课题。

柯又红亲自出马了。这是她这些年来第一次来石坦巷。自从上次离开这里，她再也没有来过，路过这里也是绕开走的。这一次，她豁出去了。

她对丁小武说明来意后，提了两个条件：第一，她不负责照看病人，不会给病人煮饭烧菜，不会洗一件衣服，不会烧一杯开水。摔倒不扶，死活不管。她只是提供一个栖身之处，不承担赡养义务。第二，丁小武必须重新办一家工厂，什么工厂不管，工厂大小也不管，但必须能赚钱。

丁小武接受了柯又红的条件，因为他看到了柯又红的变化：柯又红接纳了他父亲，虽然她提出什么都不管。这不重要，重要的是，柯又红松口了，同意让父亲搬进公爵山庄，而且，她亲自来石坦巷了。她的行动说明了一切。对于丁小武来讲，只要柯又红同意让父亲搬进公爵山庄，他什么条件都答应，做牛做马都行。

丁小武要感谢柯又红。是柯又红成全了他，成全了他作为一个丈夫的名义，也成全了他作为一个父亲的名义，更成全了他作为一个儿子的名义。他是在意这个名义的。他不认为名义是虚无的，于他而言，正好相反，这个世界是虚无的。世界是个巨大的实体，看得见摸得着，可是，丁小武却悲观地认为，这一切终将化为乌有，跟他没有任何关系。或者换一句话讲，这个巨大的世界终将抛弃他，将他湮灭，化成灰烬，什么痕迹也不会留下。而名义呢？虽然看不见摸不着，可它却有无比坚韧的生命力，可以穿透历史，更可以穿透人心，流传在人们的记忆和传说之中。丁小武有时也反问自己，这是不是软弱的表现？在面对坚硬的现实世界时，只能自欺欺人，抱着一个无用的名义来安慰。

看起来，丁小武接受重新办工厂的条件，直接因素是柯又红，是迫于她的压力。他是被迫的。对于丁小武来讲，重新办工厂更是他内心的需求。他在石坦巷照顾父亲的这段时间，是一个寻找和弥补的过程。他找到了，也得到了。他很满足。同时，他也发现了一个巨大的问题，在和父亲相处的过程中，他丧失了直接面对父亲的勇气。说到底，谁也不能接受自己老了变成一个傻子。不能。所以，也可以讲，是柯又红提供了走出困境的一个机会，他不能一直和父亲待在一起，他必须有自己的生活，必须找到不同于父亲的人生形态。他必须给自己一个信心，他的未来，不是父亲的翻版。

搬回公爵山庄后，丁小武将父亲安置在跃层

的顶楼。这当然也是柯又红的意思。父亲在顶楼，他下不来，她不上去，生死不来往，死活不相见。这样也好。但是，丁小武的问题来了，他要办工厂，虽然还没决定办什么工厂，但无论办什么工厂，他不可能将父亲带在身边，他得出去见熟人，得花时间找人办事，得去了解市场动态。这跟他以前去菜场买菜不同了，菜场是被动的，菜也是被动的，他是主动的，时间是可控的。而现在不同了，谈业务，办工厂，对象是人，有的是他找对方，有的是对方找他，时间变得不可控了。

丁小武跟父亲作了一次谈话，很正式很认真地谈。

父亲躺在床上，丁小武坐在收起的折叠床上。两个人的构图是一竖一点，像个"卜"字。丁小武拉着父亲的手，看着他的眼睛，父亲的眼睛也看着他，但父亲的眼神穿过他，看向更辽阔的过去和未来。丁小武说："我得出去办工厂。"

父亲一动不动。

"我不能带着你出去办工厂，对不对嘛？"

父亲还是一动不动。

"可是，将你留在家里我又不放心。"

父亲依然一动不动。

"你有什么好的建议？如果有的话，你跟我讲讲。"丁小武停了一会儿，看着父亲，似乎在等待。又过了一会儿，丁小武说："你不开口也没关系，点点头，眨眨眼睛，都行。"

父亲没有点头，也没有眨眼睛。丁小武等了一会儿，继续说："那好，既然你没有建议，我倒有一个建议，你看行不行？"

父亲依然没有点头。

"我每天早上出去，中午回来；下午出去，

晚上回来。在我出去的这段时间里，你能不能憋住？"

父亲的眼睛还是没有眨。

"我相信你能憋住。我对你很有信心。"

父亲这时突然张开嘴巴，喊道："丁——小——武——"

丁小武马上伸手将他从床里捞上来，抱着他往卫生间跑，一边跑一边说："这就对了嘛，这就对了嘛。你这算是同意了，说话要算数的。"

跟父亲"谈"过之后，丁小武去找李其龙。当然，丁小武和李其龙的见面从没断过，只不过，他专职照看父亲后，去不了李其龙的"大世界"，都是李其龙来石坦巷。李其龙过一段时间会找他谈一次话，都已经是一种心理需求了，不谈不行的。

"都彭"打火机为李其龙打开了一个新天地，

他对丁小武说："老子现在才知道什么叫作井底之蛙了。"

丁小武只是笑笑，不点头也不摇头。他知道，以李其龙的性格，一般是不会讲这样的话的，他从来都是蔑视一切的。李其龙马上接着说："不过，认真研究之后，也没什么了不起，老子一定能做出更好的打火机。一定能。"

形势明朗了，丁小武拼命地点头。他相信李其龙，李其龙说能做出来就能做出来。李其龙如果说，他能做出一只比上海东方明珠广播电视塔还高的打火机，他也相信。

李其龙将新产品命名为"麒麟"。传说中，麒麟是能吐火的神兽，他喜欢这个名字，神气，张牙舞爪，有力量感。自从准备做"麒麟"，李其龙就换掉了所有设备，原来设备做出的配件精确度不行，打个比方吧，原来的设备像猪八戒的嘴巴，多一点少一点，感觉不到差别。而"麒麟"对配件的要求就不一样了，它是孙悟空的火眼金睛，那就不是眼睛里容不得一颗沙子的问题了，差一丝一毫就是"妖怪"，就要显出原形。李其龙从德国引进一套全新的设备，他发现，德国的设备最多只能做出跟"都彭"差不多的打火机，做不出他要的"麒麟"。这当然不行，他的"麒麟"必须超过"都彭"。必须。他拿着新的参数，又高价向德国厂家定制设备。

整整用了三年时间，李其龙才做出他想要的"麒麟"。为此，他付出的代价是卖掉了房子，第二任老婆跟他离了婚，并开走了跑车。不过，对于李其龙来讲，这根本不算什么代价。"麒麟"就是他的房子，就是他的老婆，就是他的全部。

"麒麟"的零售价是五千元。这是李其龙的底线，也是他的底气。他的产品必须比"都彭"

卖得贵，"麒麟"的品质一定要胜过"都彭"，这一点不能商量。

"麒麟"走上了市场。"走"得相当好。他到北京、上海、广州招合作伙伴，在电视上打广告，来加盟的人络绎不绝。他去各大商场谈合作，商场也非常乐意给"麒麟"开设专柜。很了不起了。在知名商场开专柜是一种荣耀，是市场认可的标志，是身份的象征。要知道，在这之前，只有国际大品牌才有资格开专柜，国内的打火机想都不敢想。

李其龙特意去了上海恒隆广场，他曾经对这里的"都彭"专柜服务员说过"再见"。他是个言而有信的人。专柜就设在"都彭"边上，"都彭"专柜的美女服务员还在。李其龙对她说"你好"，她也笑着对李其龙说"你好"，笑容很甜，很迷人，甚至比三年前更甜更迷人。但是，李其龙发现，她对他的笑容是职业化的，是千篇一律的，是空洞的。也就是讲，她已经将李其龙忘记了，彻底忘记了。这让李其龙有点伤心。他心心念念了三年，每天想着"打回来"，而在美女眼里，他只是一个顾客，根本没往心里去。不过，李其龙也明白，这无关紧要，要紧的是他"回来了"，跟她"再见"了。他兑现了诺言。

最多的时候，李其龙在全国知名商场开了近三百家专柜，最好的专柜，一天能卖出十只"麒麟"。这是一个了不起的数字。当然不只是钱的问题，钱是重要的，没有钱，他不可能做出"麒麟"来。但是，做出"麒麟"之后，钱就退到次要位置了。李其龙知道，时候到了。李其龙所谓的"时候"，指的是将"都彭"啊"登喜路"啊"芝宝"啊统统压下去。李其龙不赶它们，赶是多么野蛮的手段，多么地武力，多么地血腥。他现在要做的是蔑视它们。他眼里只有"麒麟"，能做好的也只有"麒麟"。他要将"麒麟"做大。不对，做大显得低档，很不上台面。他要做的是扩大。扩大温和多了，有内涵多了，有文化多了，同时也有力量得多。相较于做大而言，扩大是看不见的，是循序渐进的，是潜移默化的，是滴水穿石的。但是，扩大的力量也正在于此，它是不知不觉的，是暗潮汹涌的。

李其龙就是想用扩大的方式，一点点拓展"麒麟"的版图。在他的脑子里，这个版图里有江河湖海，还有草原和戈壁，甚至还有"都彭"和"登喜路"们的老家。他不急，一点也不急。他急什么呢？"麒麟"是他研制和生产的，是他"生"的，谁也抢不去。

但是，李其龙没有想到，市场上很快出现了"麒麟"的仿制品。一看就是假冒伪劣产品，做工粗糙，连抛光都不均匀呢。这样的产品，李其龙看不上。更让李其龙不能接受的是，假冒的卖得那么便宜，一只售价五十元。

他对这种情况很不满意，感受到莫大侮辱。那么多企业明目张胆地仿冒"麒麟"，完全无视他的存在。假冒产品在蔓延，病毒一样扩散开来。无边无际。无法无天。而他却不能站出来讲一句话。那么多人都在仿冒，有什么办法制止他们？没有。成千上万，无从下手。

李其龙深受打击。这种打击是精神上的，是灵魂深处的，是致命的。这种打击使他对这个世界产生了失望，很深很深，他觉得全世界都在欺负他，合起伙来欺负他。明摆着欺负人嘛。既然如此，他也不想反抗了。他妈的，既然你们要，都拿去好了，老子不玩了。

丁小武就是这个时候找到李其龙的，丁小武

说：“你不能这样消沉嘛，你这么做正中了别人下怀。”

李其龙摇摇头说：“老子知道，可老子累了，真的累了。”

丁小武说：“这不是我认识的李其龙嘛，我的朋友李其龙是个打不败击不垮的大英雄，他雄心万丈，意志坚强，是个从来不认输的人。”

没等李其龙接话，丁小武接着说：“李其龙你要知道，如果一定要找一个能打败你的人，那就是你自己。”

李其龙见丁小武这么说，突然哇地放声哭了起来。相当意外，相当放肆。他一把抱住丁小武说：“小武，老子心里苦哇。”

这是丁小武第一次见李其龙哭，而且是抱着他的头，嚎啕大哭，泪水滂沱，山崩地裂，势不可挡，泣不成声了。丁小武不知道他心里到底有多苦，但他猜想，李其龙的哭，也不完全是因为"麒麟"被仿冒的事。这些年来，他付出，他坚持，他勇往直前，他坚硬如铁。对外，他是一个超人形象，战无不胜，无所不能。可是，丁小武知道，李其龙不是超人，他是一个人，所有人的弱点他都有，他只不过是将这些弱点和软肋包裹起来，埋藏起来，将坚强的一面呈现出来。他比普通人过得更累，更辛苦。其实，丁小武何尝不是如此？他比李其龙做得好的只有一点，他会示弱，他会认输，这对他来讲就是放松，就是缓解。他可以脱下盔甲，暴露所有缺点，这是身体的放松，也是精神的放松，这就是调和，就是平衡。李其龙没有，他的人生一直是铜墙铁壁，一直战车滚滚。作为朋友，丁小武能够感受到，那哭声从李其龙心底奔涌而出，那是抑制不住的哭声，是委屈和无辜的哭声，甚至是无助的哭声。

丁小武深受感染，他抱着李其龙，也大声痛哭了起来。这是一次不同凡响的碰头，在丁小武和李其龙的交往中可以载入史册，也是最释放的一次碰撞。两个人抱头哭了足足半个钟头，泪水几乎把对方的肩膀变成沼泽，甚至是一条河流。哭完之后，两个人互相看看对方，都朝对方羞涩地笑了笑。李其龙很快恢复了常态，将头高高抬起，用俯视的眼神打量周围的一切，好像什么事情都没有发生过，更没有哭过。没有，李其龙怎么可能哭？不可能的。

丁小武告诉李其龙，他想重新办工厂。李其龙这次没有拉他入伙，问他要办什么工厂，丁小武说想办一家眼镜厂，他想征求李其龙的意见。李其龙看着丁小武，没有讲话，但他的眼神似乎在讲话。

肆

人的一生，冥冥之中，似乎有某种定数。当然，定数这种东西，信则有，不信则无。丁小武介于信与不信之间。他自己或许不信，可是，他的所作所为，包括思维方式，显示并注定了他的某种归宿。

做打火机时，丁小武选择了最不起眼的限流片。没有再小的了，微乎其微了。办眼镜厂，他还是做了最简单的选择。他做的配件叫中梁，就是两个镜框间的横梁。眼镜主要由四部分构成：

镜脚、镜框、镜片和中梁，中梁的位置处于两个镜框中间，相对而言，作用最弱，价值最低。有意思的地方就在这里。在中国人的观念中，正中位置肯定是最重要的，最尊贵、最有价值。在眼镜的构造中恰恰相反，中梁只是起到过渡和衔接作用，它可以无限简化，直至用一根铝钛合金来充当。但是，中梁又是无可替代的，没有中梁，眼镜无法架到鼻子上，无法起到眼镜应有的作用。可以这么讲，没有中梁，眼镜是不成立的。

这大概是丁小武选择做中梁的最主要理由，也是他人生的必然选择。往形而上方面讲，这是他的人生观在起作用，也是他给自己的定位：他的人生无足轻重，却又必不可少。当然，这肯定不是他的初衷。他的初衷想必有更大的理想，否则，他不会从模具厂考到文化局。那么，他是从什么时候改变了初衷？是什么原因让他篡改了人生定位？这个原因，丁小武没有说。他不会讲。更大的可能是，他也不知道。

眼镜配件厂的名字叫：小日子眼镜配件厂。

这中间有一段插曲。丁小武去工商局登记注册时，被告知小日子限流片厂还没有注销。丁小武说，那个工厂早就停办啦。工商局的人说，这是两个概念，停办是个人行为，注销是法律程序。如果没有注销，法律上认定工厂一直在生产，各项税收还得照样缴纳。丁小武大吃一惊，问道，那我岂不成了偷税漏税的人了？工商局的人看了看他，一副见怪不怪的样子，说，可不是嘛。丁小武说，我补缴行不行？工商局的人说，这不是行不行的问题，你必须补税，注销税务登记，再注销工商登记，才能再登记注册。这是程序。丁小武问，补缴之后，我还算偷税漏税吗？工商局的人突然呵呵笑起来，说，你这个同志很有趣，问的问题也很天真烂漫。

丁小武补缴了税款，也缴了滞纳金，然后回到工商局注销了"小日子限流片厂"，再登记注册"小日子眼镜配件厂"。但是，丁小武知道，从此以后，他的人生不完美了。他有污点了。这个污点将像胎记一样，伴随他的人生，甚至铭刻上他的墓碑。这让他脸红，让他羞愧，让他沮丧。他一生的清白毁于一旦了。

丁小武的小日子眼镜配件厂做得不算好，但也不算差。他有他的原则。他的原则是所有中梁的模具都由他亲手设计，他让厂家自己选。当然，他也可以根据厂家的要求设计模具。他有这个信心，也有这个能力。他不急，更不贪，心态好得不成样子。他有一个准则，绝不允许质量不过关的产品离开工厂。一个也不行。这为他的工厂赢得了口碑，当然，这也是他的口碑。这是声誉，是他办工厂以来一直努力的方向。他很看重这一点。反过来讲，他的追求，从某种程度上也制约了他。在一个缺少规则的混乱时期，坚守往往能成就一个人，但从更大的方面来讲，也限制了一个人。

柯又红关心的是，丁小武的眼镜配件厂能不能赚钱。当然，赚得越多越好。她的底线是不能赔钱。这一点，丁小武做到了。柯又红是"言出必行"的，她果然对丁铁山不闻不问，完全无视他的存在。

出人意料的是丁铁山。他居然听进了丁小武的话，成功地憋住了。自从住进公爵山庄，他没有在床上拉屎拉尿，每天中午都能憋到丁小武回来。他对丁小武是有感应的，丁小武的小车刚进小区，他的身体就开始蠕动，嘴唇开始颤抖，脸色发红，小声地念着"丁小武"。随着身体蠕动得越来越激烈，叫喊声也越来越响亮，脸色越发地红亮了。当丁小武开门进来时，他的叫声已经变成嘶吼了，脸色乌青，整个身体猛烈抖动，他拉开喉咙喊"丁——小——武——"。丁小武鞋子也顾不得脱，袋鼠一样蹿上顶层，嘴里喊着"来了来了"，抱起丁铁山往卫生间冲刺。

从卫生间出来，丁小武将父亲放在床上，两个人似乎都经历了一次凶险的长途跋涉，惊涛骇浪，同舟共济。船到静水区，他们耗尽了力气，像两条垂死的鱼，张着嘴巴，大口地吸气和吐气。

至于丁铁山是否每一次都能憋住，这事只有丁小武知道。对一个失智的人来讲，是很难做到这一点的。他根本无法控制自己嘛。有这个意识的人不可能失智。不可否认，丁铁山在公爵山庄的表现，是个不大不小的奇迹。

当然，丁小武也参与了创造奇迹。他在顶层另起炉灶，包揽了丁铁山所有生活上的事务，烧饭，煮菜，洗衣，洗碗，洗澡，都是他一手包办。他毫无怨言。他不但对丁铁山没有怨言，对柯又红也没有。她接纳了父亲。以丁小武对柯又红的了解，她很难接受这个现实。可是，她接受了，没有任何不良情绪表露。所以，丁小武没有任何怨言。他觉得这种生活是踏实和满足的。能够和家人住在一起，又能将工厂办起来。他觉得生活又有了希望，他还能做事，还没有被生活打败。这让他觉得充实，这让他觉得幸福。

丁小武的生活基本上算是走上了正轨，丁点点的生活却还在不停地颠簸。她在学校当了一年老师，考到信河街晚报社当记者。

丁点点离开学校，并非不喜欢当老师。如果她有什么朦朦胧胧的想法的话，或许，当一名老师曾经是她唯一动过的念头。当然算不上理想。说理想太沉重了，甚至过于美化了，最多只能算是一个美好的憧憬。丁点点进入学校才知道，自己还是过于理想了。她没有后悔当初的选择，也不怀疑当老师的意义。但是，她发现，自己不适合当一名老师。老师虽然也是个体劳动，但在整个教育体制里，却有一种深深的无力感。简单地说，就是她想在课堂上告诉学生的，却不能讲；而她平时所讲的，却不是最想讲。更主要的是，她不知道自己想讲什么。

至于到报社当记者，这也不是丁点点的人生选择，她对人生并没有清晰的规划。从来没有人要求她怎么做，她不会硬性要求自己做成什么样。丁点点不想做父亲那样的人，更不想变得像母亲。她想过跟他们不一样的生活。问题的关键在于，她找不到自己生活的轨迹，甚至连方向也没有。但是，丁点点没有觉得这有什么不好，因为她知道一个简单的道理，这个道理是从她父母身上反照出来的，她不希望自己的生活轨迹太明显，更不要有一个明确的方向。

每个记者有一条主跑线，丁点点跑的是旅游线。这是她喜欢的。只要愿意，她可以到处跑。只要跟大自然接触，只要跟山水接触，她都愿意。相对来讲，她更喜欢跟山相伴，山有一个优点，能给人自信心，特别地提气。和水相遇，则要忧伤得多，有一种无端的忧愁。而丁点点却不知道，这种忧伤和忧愁从哪里来，因何而来，更不知道如何排解，或者，干脆就没想去排解。

丁点点是在海南采访时接到季增石的电话的。面对着大海，海风将椰子树吹得如泣如诉，吹乱了她的头发，乱得一团糟。她很伤感，无端地想找一个人倾诉。手机一响，她看见是季增石打来的。刚开始，她有点恍惚，有那么一刹那，心里在想，季增石是谁？毕业之后，她换过一次手机，但没有将季增石的号码删掉。没有特别的意思，只是觉得删掉也没有意思。这期间，她和季增石之间，没有通过电话，连念头都没有动过，她似乎真的将他忘记了。但是，当站在海南的海边，忧伤弥漫之时，她接到了季增石的电话，突然有点茫然失措了。

从海南回来后，她和季增石见了一面。季增石毕业后，和朋友办了一家网络公司。他办网络公司，丁点点能理解，他没有理由荒废了电脑技术，那是他的强项。

从那之后，他们又恢复了来往。这一次，是季增石主动的。他约丁点点去看电影，还请她吃四川火锅。但他还是话少。与以前不同的是，他更喜欢笑，一笑就露出两颗小兔牙。一看见那两颗小兔牙，丁点点心里就充满了温暖。她有时会想，她可以不要季增石这个人，把他嘴里那两颗小兔牙拔给她就行。当然，她清楚地知道，如果那两颗小兔牙离开了季增石的口腔，也就失去了意义，她也不会要它们了。这真是个两难的选择。

丁点点去了季增石家。他父亲很早就死了。季增石一开始没有告诉她是"生病死的"，他只说父亲在他很小的时候就"没了"。丁点点后来才知道，他父亲是得肝癌死的。季增石的家在信河街西角，他母亲原来是信河街玩具厂的技术员，改制后，去私人办的儿童玩具厂当工程师，工资比以前高了十倍。但他们住的依然是老房子。房价此时已经升到每平方米两万元，可以看到瓯江的房子卖到每平方米八万元以上，普通人依靠工资，很难买得起好楼房了。丁点点看得出，季增石母亲的眼神里有一种"讨好"的成分。她的眼神是谨慎的，带有技术员的"较真"。

丁点点也带季增石到公爵山庄，一起吃了一顿饭。丁点点还带季增石到顶层见了爷爷，季增石主动叫了"爷爷"，爷爷睁着眼睛，一眨不眨，眼神辽阔而空洞，嘴巴张成O形，似乎想说什么，又像什么也不想说。

丁点点能够感觉出来，母亲不满意季增石。她的不满意是写在脸上的，也表现在态度上。她虽然接待了季增石，去菜场买了对虾和江蟹，可她的姿态是明显的，是高高在上的，甚至是盛气凌人的。她曾经向丁点点打听季增石的家庭情况，丁点点告诉她三个字——你别管。可丁点点知道，柯又红不可能"不管"。她三句两句就套出了季增石的家庭情况。来公爵山庄之前，丁点点交代过季增石，无论柯又红问他什么，都不要回答。可是，进了家，季增石立即将丁点点的交代忘得一干二净，柯又红问什么，他回答什么，比在派出所受审问还老实。丁点点感觉到，柯又红每问一句，姿态就上升一层，最后像雄鹰一样盘踞在半空中。丁点点一开始挺替季增石着急：太实在了，太不把我的话当话了。后来一想，我急个毛，柯又红想打探一件事，连玉皇大帝都阻止不了，我阻止有什么用？退一步说，自己和季增石的事，作为母亲的柯又红问问也没有什么不对。最主要的是，她打探得水落石出有什么用？我的事，我可以决定怎么做的。

打发走季增石后，柯又红给丁点点下了一道"懿旨"："你不能和季增石在一起。"

丁点点早就等着她这句话了，立即回答说："我偏要。"

柯又红见她这么说，口气突然柔和了下来：

"我是为你好。"

丁点点说："我马上和他结婚。"

"我不是嫌弃他家贫，也不是嫌弃他公司看不到前途。"柯又红停了一下，叹了口气，说，"我担心的是他的身体，他父亲得的是肝癌，他爷爷也是，这就是基因。不出意外，他的肝以后也会出问题，而且是大问题。"

柯又红这么说，大大出乎丁点点的意料。她确实没有考虑到这一层。这是个很现实的问题。但是，她不准备听从柯又红的意见，恰好相反，柯又红如果不跟她说明这个问题，自己跟季增石在不在一起真的无所谓，现在，柯又红把问题摆上桌面，她就必须跟季增石在一起了。

是不是有点怄气？丁点点承认有一点。但她不认为全是怄气，她这么做只是想向柯又红表明：世界不是都像你看到的那样，也不是都如你所想的那样。有例外的。你要允许有例外。而我，就是一个例外，是个活生生的例外。所以，丁点点的态度相当坚决："我决定了，他就是现在得肝癌，我也要和他在一起。"

丁小武什么话也没有说。当然，柯又红也没有征求他的意见。丁点点也没有。丁点点甚至看不出他脸部表情的变化。当然啦，她也没有细看。在这种时候，丁点点更多关注自己的内心情绪，以及做出决定后的坦然，至于别人的看法，实在不是很重要。相反，如果这时阻力越大，转化成的动力也越大。

第二天，丁点点就和季增石去了民政局，领了结婚证。然后，他们去了一趟银饰店，季增石花了一百二十八元，给她买了一枚银戒指，套在她左手的无名指上。结婚了。

柯又红很生气。她没有跟丁点点争吵，甚至

也没有骂她一句。只是不理她了，看也不看一眼。柯又红的态度，促使丁点点更快地逃离这个家。丁点点太了解母亲了，她的没有态度就是明确的态度。可柯又红又拿丁点点没有办法，她对付丁小武那一套手段对丁点点无效。在丁小武眼里，她是中心，她的一喜一怒都会掀起风暴。在丁点点这里，她只是一个家的概念，而丁点点随时随刻准备离开这个家。这就是丁点点和父亲的区别。这种区别，也是这么多年来，丁点点从他们相处的关系中学到的。她不会让别人成为她的中心，她不会让别人影响她的决定。她的中心和决定必须来源于自己，虽然她也不知道自己到底需要的是什么。

丁点点有一点点积蓄，季增石是一点也没有。买房是不可能的。西角的老房子，她也不想住。只能租房。他们在报社旁边租下了房子。那天晚上，丁点点回了一趟公爵山庄，在房间整理自己的衣物。柯又红知道她回来干什么，不闻不问。这挺好。这才是丁点点认识的母亲，这才是柯又红。如果这时问东问西，那不是她的风格。

丁小武进了她的房间。在丁点点的印象中，读高中后，这是父亲第一次进她的房间。他站了一会儿，见丁点点忙着收拾衣物，也没有开口。丁点点见他站了很久，就问："有事吗？"

他显出受惊吓的样子，连忙摇头说："没事没事。"

见丁点点没有再说什么，他停了一下，小心翼翼地问："需要钱吗？"

丁点点摇头说："不需要。"

他更加小心地说："如果买房子，我给你付首付。"

丁点点看了他一眼。她当然知道他的意思，

但依然摇头说："不需要。"

他叹了一口气，像失望，又像松了口气，说："有需要就跟我说嘛。"

"嗯。"丁点点点点头。这次没敢抬头看他。丁点点担心，一看见他的眼神，就会忍不住流泪。在这种时候，特别是在父亲面前，丁点点不想落泪。她不想在他面前流露真实情感，更不想给他负担。

"你保护好自己。"他走出房间前，轻轻地说。

丁点点觉得，这句话由她讲出来才对。老实讲，丁点点对他不放心，很不放心。这种不放心毫无来由，却又挥之不去。丁点点总有一个不好的预感，总觉得他会出事，却又不知道他会出什么事，更不知道会在什么时候出事。最主要的是，她帮不上忙，相当地无能为力。

伍

丁小武的眼镜配件厂办到第八个年头，丁铁山的病情出现了变化。其实，也不是病情有变化，只是他晚上不睡觉了，不停地喊"丁——小——武——"。

丁铁山喊一声"丁——小——武——"，丁小武必须回一声"我在"，否则他会一直喊下去。到了这个地步，丁铁山的喊叫已经不是上卫生间了，他需要丁小武在身边。只有丁小武答应"我在"，他才会稍微安静片刻。丁小武的夜晚被撕得粉碎。丁小武晚上不能睡觉，白天却要去工厂上班，睡眠严重不足了。睡眠不足带来一个后果，他总是在等红灯时睡过去，引得后面的司机狂按喇叭，甚至跑下车来，指着他的鼻子，骂他是猪头。丁小武被骂醒后，不停地说"对不起"，赶紧开车走人。更为严重的是，他经常被交警抓住。交警怀疑他酒驾，不由分辩，先是吹气，再带到医院抽血检查。验血结果出来后，交警很严肃地对他说，疲劳驾驶是最大的安全隐患，危害比酒驾还大。丁小武笑着对交警说"是是是"，以后一定"整改"。有一个交警和他特别有缘，抓了他十多次，都抓出交情了，一看见他就说，老丁啊，做企业不要这么拼命，命没了，赚再多的钱有什么用？丁小武很赞同他的看法，笑着说，是是是，你说得很对。我以后不拼命了。

无论在外面，还是在家里，丁小武从来没有

叫过一声苦。无论丁铁山怎么喊，他都是带着笑意说"我在"。回应及时，态度诚恳。但是，丁小武的变化是明显的，他的体重从七十五公斤降到了六十公斤。嚣张的胸肌消失了，像瘪了气的皮球。手臂上飞扬跋扈的肌肉不见了，剩下有气无力的皮。特别显而易见的是他的脸，原来是国字形，瘦成倒三角了。用形销骨立来形容，一点不过分。眼睛又大又空洞，猛地一看，相当吓人。

这样的日子，丁小武又坚持了一年多。突然有一天，丁铁山不吃东西了。他不是不吃，而是吃不进了。之前他胃口一直很好，每顿一大碗米饭。丁小武还没用调羹将米饭打好，他的嘴巴早就张得像隧道，嗷嗷待哺。饭一送进去，几乎没有经过口腔嚼动，直接被送进了肚子。丁铁山有牛一样的反刍功能，闲着没事，他的嘴巴一直在嚅动，两个嘴角经常挂着几滴白色唾沫。

丁铁山的变化是突如其来的，他不会反刍了，直接将吃进去的东西吐出来，吃多少吐多少。丁小武将米饭换成稀饭，他照样吐。吐了两天，丁小武将他送到信河街人民医院。医生给他做了包括肾功能项目的全面检查，最后得出一个结论：机器老化，回天无力。也就是讲，丁铁山不能反刍，不是身体里某个零件出问题了，而是所有零件的责任。

第二天，丁小武将他运回公爵山庄。

此后十天，丁铁山粒米未进。他依然会喊丁小武的名字，声音已经很微弱了，如蚊蝇叫鸣。如果丁小武不在，他会一直叫下去。那已经不是叫了，是哀嚎，是饮泣。那是肝肠寸断的寻觅，是绝望的呼唤。

第五天，丁铁山进入昏迷状态，偶尔醒来，

嘴里挤出的唯一声音是"丁——小——武——"。他已经没有力气了，声音像呻吟。丁小武立即应道："我在我在。"

第九天中午，丁铁山像一副皮囊在漏气。丁小武知道，他大限将至。

午夜零点刚过，丁铁山突然高叫了三声"丁——小——武——"，喉咙里发出一阵咕噜声，然后便归于寂静了。

这中间大约有十来分钟的停顿，仿佛时间静止了。

丁铁山去世的前一天夜里，丁点点的羊水破了。季增石紧急将她送到医院待产。比预产期提前了十天。

躺在医院的病床上，一轮阵痛过后，丁点点给柯又红发了一条微信消息，柯又红立即回了两个字：就来。

丁点点和柯又红的关系，是在她怀孕后"修复"的。本来就没有深仇大恨嘛，只是因为人生观的不同，产生了裂痕而已。于柯又红而言，大约是出于对丁点点的失望，辛苦抚养，不但不知报恩，反而一意孤行，让她伤心了。更主要的是担忧，担忧丁点点的未来。可是，这孩子太固执了，太让人寒心了。无论如何，丁点点是她肚子里掉出来的肉，她可以失望，可以生气，可以愤怒，甚至可以怨恨，但是，她没有办法不牵挂。不过，她终究是骄傲的性格，不会主动联系。而丁点点呢，虽也有过主动向柯又红示好的念头，可实在不知如何表达。最主要的是，她觉得来日方长，有的是时间和机会，何必急于一时？所以，当她得知自己有了身孕后，并没有告诉柯又红，而是将信息告诉丁小武。丁小武当然是高兴的，他们虽然只是发了微信消息，但丁点点可以想象，丁小武一定露出了他的两颗虎牙。很快，丁小武又给她发了一条微信，希望她将这个好消息告诉柯又红，他是这么写的：你妈肯定会很高兴的。丁点点想想也是，就主动加了柯又红微信。半个小时后，柯又红通过了她的好友申请，丁点点将这个消息告诉她，她回了一句：你这个死丫头，为什么不早告诉我？

完全是冰释前嫌的口气了。

从那之后，柯又红每周来一趟出租房，每次都带来烧好的菜。刚开始是对虾、子梅鱼等海鲜，后来是炖鸡汤和炖鸭汤，再后来是燕窝、鱼胶等补品。丁点点怀孕六个月，已经胖得不像样子，体重从五十公斤飙升到六十五公斤，身体横向发展，原来的瓜子脸，变成了国字脸。体现尤为突出的是肚子，她觉得肚子里装着的不是一个孩子，而是一个班的孩子。不能好好走路了，只能依靠身体的晃动前行，左摇右摆，相当艰难，也相当霸气。

丁点点已经从报社请假在家。请假的原因是她心绪不稳定。由于身形的巨大变化，她心情灰暗，懊恼，自卑，怀疑一切，怀恨一切，不想见人了。可是，另一方面，她又无比骄傲，因为肚子里怀着孩子。在她看来，那不仅仅是一个孩子，而是一个完整的世界，一个独一无二的世界。她是这个世界的创造者和孕育者，完全有理由为自己骄傲。怀孕期间，丁点点一直在这两种情绪之间来回跳跃：上一刻灰心丧气，下一刻斗志昂扬；上一刻泪流满面，下一刻转悲为喜。这种近似神经病的行为，弄得她身心俱疲。离预产期还有三个月，她决定请假在家。也是从那时起，柯又红每天下午都来陪她，她还是每次带菜过来，没有空过一次手。

丁点点能感受到，柯又红不喜欢他们租住的房子。也对，八十平方米的老房子，陈旧，简陋，怎么能和公爵山庄的跃层房相比？最主要的是，这是租住房，没有安全感，没有归属感。但柯又红没有说出来。丁小武顺路来过几次，提出让他们搬回去住，丁点点没同意。

丁点点是在第二天中午十二点产下女儿季笑笑的。这个名字是她和季增石商量好的，不论是男孩还是女孩，都叫季笑笑。没有特别含义，只是希望孩子将来快乐，多笑。

季笑笑跟她的太公丁铁山擦肩而过了。

没有人告诉丁点点这个消息。她还处在产后恍惚中。让她略感意外的是，丁小武没有来医院，但一想到他要照顾丁铁山，还要去工厂，也就没往深处想了。有点反常的是柯又红，经常走神，惘然若失的样子。那天下午，她回了一趟公爵山庄，不到两个小时，依然回到医院。丁点点问她，有事吗？柯又红只当没听见，也没回话。

丁点点在医院住了三天，第四天，丁小武开着车，将他们一家三口接回公爵山庄。柯又红还是什么话也没讲，丁点点也没问。但丁点点知道，这事肯定是柯又红和丁小武商量好的。她住在原来的房间，但房间已经"面目全非"，到处摆满婴儿用品、婴儿床、婴儿服、儿童玩具以及尿不湿等等，墙上贴满了各种儿童照片，喜怒哀乐，各种表情都有。丁点点发现，居然有一张她的儿童照，上半身裸露着，下半身包着布包，张着嘴巴，挂着哈喇子。照片上的人肯定是她，可她从未见过。

一开始，丁点点只想在公爵山庄住到孩子满月。她要搬回租住房，那里才是她的家。季增石的母亲去过医院，也来过公爵山庄，热情里夹带着客气。这种客气是距离，是生疏，是楚河汉界。她每一次来看孙女，都是坐坐就走。其实，丁点点看得出来，她想多待一会儿，甚至想一直待下来。可她是理智的，也可以说是矜持的，时间基本控制在半个小时。短了太急促，显得迫不及待；长了不得体，似乎赖着不走。她做得很有分寸。这种分寸其实就是排斥，就是对立，丁点点甚至想到了仇恨。丁点点有时会想，季增石母亲会不会仇恨自己呢？多少会有一些吧，她的客气说明了一个问题，她对自己不亲。亲不起来。丁点点想，或许搬回租住房后，季增石母亲可以不那么拘谨了，季增石是她的儿子，季笑笑是她的孙女，她想什么时候来都可以，想待多久都可以。她有这个权利。这样的话，她可能会和自己亲一些。丁点点觉得自己对季增石母亲算不上好，但她的节制和自尊给人好感，让丁点点会站在她的角度想问题。或许，这也算慢慢成长的一个标志吧。特别是她怀上季笑笑后，似乎对这个世界和人事多了一份理解和包容。

柯又红自作主张退了租住房，叫了搬家公司，将家具和衣物运回公爵山庄。她没讲任何理由，对丁点点说："如果你过意不去，每个月可以给我伙食费和保姆工资。"

她说的当然不是真话。自从有了季笑笑，丁点点发现柯又红跟从前判若两人。她从前是不会主动对人示好的，脸上是见不到笑容的。现在不一样了，她这是主动要求他们住在公爵山庄呢。要知道，这套房子是她的私人领地，她不会与任何人分享的。她现在主动要求他们留下来，主要是因为季笑笑。当然了，在接纳季笑笑的同时，接纳了丁点点，也接纳了季增石，更接纳了季增石的母亲——她不能不让季增石母亲来看望孙女是不是？丁点点觉得，柯又红能够接纳季增石的母亲，等于接纳了整个世界。相当开阔了。丁点点觉得柯又红最大的变化还是笑容，她现在每天笑声不断，抱起季笑笑，讨好地说："笑一个，宝贝给外婆笑一个。"然后做鬼脸，身体做出各种扭动的姿势。柯又红的身体一扭动，季笑笑就咧开了嘴。她大惊小怪地说："笑了笑了，宝贝对外婆笑了。"

从语气和表情可以知道，柯又红得到了巨大的奖赏，无比满足。她是真的快乐。而且，她的快乐是主动追求得来的，这种快乐是敞开的。

父亲丁小武当然也希望他们住下来，只是他没有说出来。不会讲的。他用商量的口吻问丁点点："住得习惯吗？"

这话问得太客气了，见外了。这是她的家啊，即使出嫁，依然是她的家。丁点点知道丁小武还有一句潜台词：习惯就一直住下来。这是他的心愿。他已经习惯了隐藏自己的心愿。

季增石的网络公司两年前就不开了，没有业务，赚不了钱。他开始在网上开商店，卖他母亲工厂生产的玩具，当然也卖其他工厂生产的玩具。

丁点点一开始没有将季增石的"转行"当一回事，更没有将他的网店当一回事。只知道他比过去忙，手机就有好几部，还叫了几个工人帮忙。丁点点还替他担心每个月能否按时给工人发工资。担心归担心，她没有问季增石。她从来没有问过季增石网络公司的事，他也从来不说。只在公司关闭时跟她打了一个招呼，她"哦"了一声，等于没有任何反应。那个时候，她还没有怀上季笑笑，还是喜欢到处跑。她和季增石是两条各自奔跑的线，不同的是，他是画圈圈，她是画各种直线。他们唯一的结合点是租住房。那是他们的家。

他们在公爵山庄住了半年多，到了腊八那一天晚上，季笑笑已经睡下了，季增石对丁点点说："咱们买一套房子吧。"

丁点点故意问道："发财了？"

他说："我手头有两百万，首付应该没问题。"

丁点点说："你没做什么违法的事吧？"

他说："没有，都是我这两年开网店赚来的。"

季增石的回答让她吃惊。丁点点没有想到，他不声不响赚了这么多钱。果然是个沉得住气的人。她更没想到的是，开网店这么能赚钱。她说："那就买。"

季增石问："买哪里好？"

丁点点说："无所谓，钱是你的，你想买哪里都行。"

次日，丁点点将季增石想买房的消息告诉柯又红。她觉得这事越早说越好，不需要偷偷摸摸的。柯又红一听，立即说："我昨天刚好看到小区贴了一张启事，楼下有一套房子要出售。"

这事柯又红比丁点点和季增石积极性高。她联系好后，让丁点点和季增石去看房子。房子就在同一幢楼，在七层，是单层，面积一百一十二平方米。所有费用加起来，刚好三百万。丁点点咨询了单位，可以贷款八十万公积金，加上季增石的两百万，还差二十万。柯又红自告奋勇地说："我借你们二十万。"

就这么定下来了。办完过户手续后，丁小武找了一个装修队，将房子重新粉刷一遍，只花了两万元。

买房子这件事，最高兴的人是丁小武。当他听到这个消息后，两颗虎牙闪闪发光，说："好嘛，好嘛，楼上楼下，你们不用开伙，就在这里吃。"

柯又红白了他一眼，说："你奴役我还不够吗？"

丁小武讨好地笑了起来，说："我负责买菜和烧菜，洗碗也包了。"

柯又红说："做好你的事，把工厂办好。"

丁小武不停地点头说："那当然，那当然。"

柯又红表面上没有表现出来，可她的高兴是难以掩饰的。她主动借二十万就是证明。她的高兴还表现在和季笑笑的对话中，她扭着身体对季笑笑说："宝贝买房子咯。"

季笑笑咯咯咯地对她笑。

柯又红又说："以后外婆每天都可以抱宝贝咯。"

季笑笑当然还不知道"买房子"的概念。她不到一周岁，话还不会讲呢。"买房子"是外婆讲的。外婆终于暴露了内心秘密，她想"每天和宝贝在一起"。

丁点点能感觉出来柯又红对笑笑的爱，几乎到了依赖的地步，她去菜场买菜都是小跑着回来的，进门第一件事就是叫"宝贝"。她的眼睛似乎有了特殊功能，总能第一眼抓到季笑笑所处的位置。季笑笑也没有辜负外婆，她跟外婆特别亲，无论哭得有多凶，只要外婆一抱，哭声戛然而止。外婆一扭身体，她立即破涕为笑。她自己可能不知道，她将最多的笑声给了外婆，也将最美的笑容给了外婆。外婆身心得到极大的满足。

产假结束后，丁点点回单位上班。短短半年，世界发生了巨变。首先是外部的，自媒体对传统媒体造成了巨大冲击。这种冲击是现实的，看得见的，也是摸得着的，对报纸的发行和经营都产生了很大的影响。丁点点觉得，最主要的影响还是人心。从事传统媒体的人心里慌了，乱了。一个乱了阵脚的人，还能打仗吗？还能打胜仗吗？不可能嘛。人人自危，自己把自己吓死了。其次是丁点点的变化。她以前没有中心，如果有中心的话，她就是中心。她是太阳，也是流水。可是，有了季笑笑后，丁点点发现自己完蛋了，她不是太阳了，也不是流水了。太阳还在，换成了季笑笑。季笑笑成了中心，成了她的中心。做任何事情，她的出发点都是季笑笑。丁点点不无悲伤地发现，自己无时无刻不在想念她、牵挂她，甚至担心她。在媒体上看到关于儿童的新闻特别敏感，特别容易伤心落泪，已经完全堕落成一个多愁善感的人了。

半年之后，丁点点从单位离职了。她想成立

一家自己的旅行社，开辟几条专门针对年轻人的旅游线路。

在此之前，季增石找她商量，他扩大了网店规模，成立了公司，想让她辞职去他公司管财务。她没同意。她的理由只有一个，如果去了他的公司，她将失去独立性。季增石说："你管钱，我给你打工，行不行？"

"不是这个意思。"她对季增石说，"我要的独立性是指两条各自运行的线，如果我去了你的公司，我们就成了一条线。"

季增石没有强求。他从来没有强求过她。

开旅行社的事，丁点点跟丁小武说过。是说，不是商量。他想也没想就说："好嘛。"

丁点点知道，他的支持，是态度的支持，可态度有时很重要。

陆

丁铁山死后，丁小武并没有显得多么悲伤。丁点点和柯又红都为他松了一口气，为了丁铁山，丁小武累得只剩一副骨架。以前那个铁塔一样的壮汉消失了，丁铁山如果再拖延半年，丁小武的身体状况让人不敢想象。从这个角度来讲，丁点点和柯又红是盼望丁铁山早点"走"的。他的"走"，从某种意义上挽救了丁小武。

李其龙专门送了两大袋海参过来，他对柯又红下命令："让他当饭吃。"

李其龙不喜欢自己是个肌肉男，但他希望丁小武恢复成肌肉男，他说，那样的丁小武，看起来很有力量，给人很有希望的感觉，有一种蓬勃旺盛的生命力。他喜欢那种状态的丁小武。

李其龙没有将"都彭"和"登喜路"赶跑。他现在知道了，世界是圆的，事物是流通的，堵是堵不住的。他不能阻止任何事情。一个人怎么可能阻止地球运转呢？这是个简单的道理。那段时间，他怨恨过，怀疑过，消沉过，甚至想到过放弃。他最终发现，能要求的只有自己，能做好的只有自己。只能如此。他不能要求别人不仿冒。他能做的，只有将"麒麟"做得更好。

李其龙告诉丁小武，他最近接待了好几拨天使投资人，他们都想投资"麒麟"，一起将"麒麟"打造成高级工艺品级别的打火机，甚至是艺术品级别的打火机。李其龙说："活了这么多年头，老子总算有点明白了。想做成一件大事，单靠一个人的力量不行，要学会借力。别人有大把的钱，想跟老子做大事。傻瓜才会拒绝呢。"

丁小武为李其龙"活明白了"高兴，他一直担心李其龙钻牛角尖。李其龙确实一直在钻牛角尖，现在他终于不钻了，他看到了一头牛，甚至是比一头牛更宽广得多的世界。这多么好。

李其龙发出邀请，说："来吧，小武，咱们一起干。"

丁小武很感激李其龙的邀请，但他不会接受，他说："我争取将中梁做好。"

丁小武不担心李其龙的"麒麟"，作为朋友，他担心李其龙的生活。一个人的生活总是动荡不安的，总是兵荒马乱的。丁小武劝李其龙"再找一个"，他说："要一个小孩吧，有一个小孩就有了未来。"

李其龙想了一会儿，问丁小武："你知道咱们的区别在哪里吗？"

丁小武说："你比我勇敢。"

李其龙摇摇头说："不对，是你比我勇敢。"

停了一下，李其龙补充说："我有时想，会不会变成你爸那样。"

丁小武摇摇头说："你不会的。"

李其龙说："谁说得清楚呢？"

刚说完，他对丁小武挥挥手说："不说了，小武，老子很高兴，交了你这样的朋友。很荣幸。"

丁小武对李其龙说："我也很高兴，交了你这样的朋友。很荣幸。"

丁小武决定"好好干活"。父亲丁铁山走完了他的一生，画上了句号。外孙女季笑笑刚开始她的人生之旅，未来不可知。他的旅程还得继续。他自觉责任重大。他得根据柯又红的指示，好好赚钱，将眼镜配件厂办好。这是他的责任。他承诺过的。

那年春天，季笑笑两周岁了。丁点点的"丁点点旅行社"运作顺畅。季增石还清柯又红的二十万。一切似乎都很顺利。一切似乎都向着美好的方向发展。

那年清明节，一家人去给丁铁山扫墓。晚上，丁点点发现了丁小武的问题。是季笑笑先发现的，吃晚餐时，丁小武用筷子去夹一只对虾，对虾没夹住，结果把筷子掉了。季笑笑拍着手说："哦喔，外公害怕大虾咯。"

这是丁点点第一次注意到丁小武的手在颤抖，平时她很少注意这些细节。他拿筷子的右手像钟摆一样抖动，不停地抖动，好像很冷，抑制不住地冷。见她看着自己的手，丁小武摇摇头说："没事嘛，最近突然手抖，抖一阵就好了。"

丁小武说完，想努力做个笑容。可丁点点发现，他的脸上像戴着一个面具，他的脸部肌肉是僵硬的，是缺少变化的。丁点点问他："多长时间了？"

丁小武说："一个来月。"

丁点点说："找个时间，我陪你去医院看一下。"

丁小武连忙说："不用的，我的身体我知道，没事的。"

丁点点看看柯又红，她正在给季笑笑喂饭。丁点点没有再说什么。这时再看丁小武的手，已经不抖了，很轻松地夹起一只对虾。但丁点点发现，他的手已经瘦得只剩皮包骨头了，颜色是黄褐色的，好像被烟熏过。在丁点点的记忆中，丁小武的手曾经是多么粗壮有力啊，他的手就是一个饱满而生动的世界，不仅能写文章，还能做各种模具，还能烧出各种美味佳肴。她印象最深的是，小时候只要他抱着她，她就觉得那是世界上最安全的地方。他的手就是温暖的家，可以为她阻挡一切。看着丁小武的手，她感慨的不只是他的老去，她有一种隐隐的担忧，有那么一天，他也会像爷爷丁铁山那样。这担忧令丁点点不寒而栗。

丁小武出事是在三个月后，丁点点接到柯又红在信河街人民医院急诊室打来的电话，说丁小武从工厂回家的路上，将车开出了马路。马路外是斜坡，斜坡下面是瓯江。江水正在退潮，水流湍急，如果掉进瓯江，不消片刻，人和车便会被冲进东海。幸好斜坡上有一块巨石，拦住了车。但丁小武的轿车一头撞上去，整个车头都被撞烂了。他被撞昏迷了。交警将他送到信河街人民医院，他才醒来，他请求交警不要通知家人，但他全身是血，样子相当吓人。交警决定通知他家人，丁小武没办法，才给柯又红打了电话。柯又红接了电话，抱着季笑笑，急忙赶到医院。见到丁小武后，他让她不要告诉丁点点，免得女儿担心。

柯又红是偷偷给丁点点打的电话，她说："你爸的脾气你是知道的，平时让他来医院，比割肉都难。这次既然进了医院，干脆做个全身检查。"

丁点点完全同意柯又红的想法，在电话里说："我马上来。"

丁点点到了医院，季笑笑指着推床说："哦喔，外公打败仗了，成了伤兵。"

她还伸出两根食指在自己的小脸蛋上刮几下。她觉得外公给她丢脸了。

丁小武的额头被车玻璃扎了一个口子，医生给他做了处理，绑上了纱布，很像电视剧里的伤兵。他见季笑笑这么说，有点不好意思地笑了。他的笑容很不好看，很不自然，僵硬的面部肌肉挤不出生动的笑容，反倒增添了悲哀，一种日薄西山的悲凉。他肯定是不愿意将内心的情绪流露出来的，躺在推床上对丁点点说："我没事嘛，你跟医生说，我们马上出院。"

丁点点说："好的，我去跟医生商量。"

丁点点转身去找医生，不是办出院手续，而是缴了押金，办理了住院手续。她跟医生商量好了，给丁小武做全身检查。

一周之后，检查结果出来了。一个好消息，一个不好的消息。好消息是，丁小武身体状况不错，对于一个年近六十的人来说，没有"三高"，很难得的。这大概得益于他年轻时健身，底子好，也得益于他多年来的良好习惯，吃什么都讲究适度。不好的消息是，医生诊断他得了帕金森病。他这次出车祸，就是帕金森病惹的祸，让他身体反应迟钝，甚至失去反应能力，眼看着轿车驶出马路，心里明白，身体却无能为力。

丁点点上网查了一下，结果让她一喜一忧。喜的是，这种病对丁小武的生命没有直接威胁，它只是大大降低了他的生活质量。也就是说，从此之后，他要与这种病共存亡，两者既是朋友，也是敌人，既要和平共处，又要相互竞争。忧的是，到目前为止，只知道这是一种神经系统的病变，无法对症下药，无法"集中火力打击"。没有特效药，也没有针对性的手术。可以这么讲，以目前的医疗水平而言，这种病是无解的。

丁小武知道自己得了帕金森病后，显得相当平静，平静得看不出这事是发生在他身上的。要知道，帕金森病虽然不是绝症，却是一种顽疾，极其难缠的。丁点点猜想，丁小武的平静是表面的平静，是做给大家看的。丁点点想，当丁小武知道自己得了帕金森病、了解了帕金森病之后，他的内心肯定是灰暗的，甚至是绝望的。这意味着，他的余生将背上一个巨大的包袱，这个包袱是他的，也是这个家的。丁点点觉得，他最大的负担正在于此，他是最不愿给别人增添负担的人，对朋友如此，对家里至亲也是如此。可是，现在得了这种"无期徒刑"的病，肯定要给家人带来无尽的负担。一想到这一点，他必定充满愧疚。正因如此，他更要表现得平静，他笑着说："我出院后马上去健身馆。"

季笑笑马上接话说："哦喔，外公说话要算数。"

丁小武说："外公说话当然算数。"

丁小武在医院住了两周，强烈要求出院。丁点点和医生商量，医生同意出院，给他开了药，要求他每两个月来检查一次。医生给他开了三种药，让他每天按量吃药，一天三次。这三种药是目前国内能买到的最好的药，分别是森福罗、珂丹和美多芭。后来，因为美多芭对他的身体有副作用，换成了息宁。丁点点算了一下，按照医生的治疗计划，他每年吃药的花费约一万五千元。这笔费用不会是很大的负担。

丁小武出院后，将小日子眼镜配件厂转让给别人了。这事是柯又红决定的，手续也是她办的。她绝不恋战。消息放出去后，第二天就有人来谈判，开了三百五十万的转让价，柯又红一口就答应了。她有点虚张声势地告诉对方，工厂最少值五百万，但跟丁小武的身体相比，一百五十万不在话下，卖了，连厂名一起卖了。

丁小武恳求说："让我继续办嘛。"

这一次，柯又红态度坚决，她说："不办了。"

丁小武说："轿车报废了，我以后不开车了嘛，不会再出交通事故了。"

柯又红说："我不管什么交通事故，我要的是一个放心。你这种状况，我怎么能放心？"

这是柯又红第一次对丁小武说这种话，表面生硬，内心温柔，坚决里有体贴，已经很接近矫情了。

丁小武说："你不是有驾照嘛，我们再买一辆轿车，你每天接送我上下班。"

柯又红撇了下嘴说："呸，你想得美。"

柯又红的坚决是有原因的。丁小武的病情发展得特别快，快得让人心慌。不到一年时间，他到了完全依赖药品的程度。吃了那三种药，半个小时后，药力上来了，他的身体才能"活"过来。脸上的笑容也有了，手也不抖了，腿也能迈开了。这种状态最多维持两个小时，先是从后脑勺开始发紧发硬，慢慢扩展到全身。这种扩展和蔓延是清晰可感的，水一样流淌，"流"到哪里，身体僵硬到哪里。好像流水被冻住了，整个身体也被冻住了。只有手不可抑制地抖起来，抖动的幅度越来越大，像狂风中的一片叶子。医生告诉过丁点点，帕金森病的病程是不可抑制的，得了这种病，就像一块巨石从山顶朝下滚，医生能做的，是尽量让这块巨石滚动得缓慢一些。也就是讲，医生能做的，是尽量减缓病情的恶化，延长患者的有效生命，因为帕金森病到了后期，患者会失去自理能力，甚至失智。

这正是丁点点最担心的。她想起了爷爷丁铁山生命最后的那些年，如果不是丁小武的服侍，他完全没有生命质量可言，更谈不上体面和尊严。丁点点的隐忧正在此：父亲是否遗传了爷爷的疾病基因？他的人生晚年，是否将是爷爷的翻版？丁点点问过医生：爷爷和父亲得了这样的病，她得病的概率是多少？医生的答复比较含糊，只说有可能。她上网查，网上的信息泥沙俱下，有一种说法最可怕，她得病的概率有百分之八十。丁点点当时没有太大的触动，也说不上担忧，当她将这事联想到季增石时，不一样了。季增石父亲是得肝癌去世的，他爷爷也是，季增石身体里是否隐藏着疾病基因？那么，季笑笑呢？一想到季笑笑，丁点点双眼一黑，双腿一软，几乎瘫坐下去。她觉得前方一片黑暗。

到了此时，丁点点才体会到柯又红当年的心情，才感觉到柯又红对她的提醒是多么用心良苦。而她的一意孤行，是多么让柯又红伤心和失望。

柒

丁小武的病情让医生惊讶。医生说下坠速度这么快的病例，还是第一次碰到。两年不到，巨石已从山顶滚到半山腰。按照这个趋势，不到三年，巨石就可能到底。

丁小武的坚强这时显现出来了。他没有食言，从医院出来后，就去家对面的东方健身馆办了年卡，每天一大早去举铁。锻炼当然是好事，丁点点和柯又红劝他吃药后再去，药力上来后，身体灵活。他偏不。他不吃药状况很不好，身体不能弯曲，不能正常走路，只能小步跳，是挪着脚步跳。他跳得吃力，看的人更吃力。但丁小武坚决不吃药，很固执的。是的，医生对丁点点说过，帕金森病会改变人的性格，变得无比固执。当然，也可能是药物的副作用。

柯又红觉得不能让丁小武这么任性下去，在健身房一练就是四个钟头，铁打的人也受不了，更不用说一个帕金森病人。她强势出手了，规定丁小武只能健身两个小时，两个小时到了，她立即去健身馆，把他从器械上拉下来，绝不手软。其次，柯又红规定丁小武每顿吃两个煮鸡蛋，必须吃。吃完煮鸡蛋后，再喝一碗高压锅打出来的老番鸭汤。这是补品，是运动的有力后盾。必须这么吃。

除了控制运动时间和增加营养，柯又红做了另一件事，到处搜寻治疗帕金森病的偏方。在柯又红眼里，没有中医西医之分。她只有一个目的，将丁小武的帕金森病治好。柯又红的想法非常简单，她不相信世界上有治不好的病，所谓"治不好"，只不过是没有遇到对的医生和对的治疗方法，当然，包括对症的药。

柯又红打听到，南京有一家医院，专门治疗帕金森病，是可以动手术的。柯又红得到这个消息是秋天，她对丁点点说，想带你爸去江苏散散心。丁点点说，我可以替你们安排好江苏之行的路线，包括预订好住宿的酒店。柯又红不让丁点点预订，她说他们要"自由行"，预订好线路和酒店，就失去"自由"了。

也不是没有道理。不就是去一趟江苏嘛，又不是徒步穿越罗布泊，没什么好担心的。丁点点给他们买了去南京的动车票。买了一等座，空间大一些，也安静一些。他们出发那天早上，丁点点开车送他们去动车站。柯又红带了一个巨大的行李箱，还带了一个不大不小的行李箱。丁点点当时也有疑问，问她："又不是搬家，带这么多行李干什么？"

她回答说："你爸这种情况，出门多带点东西总没错。"

丁点点想想也是，就没有深问。

他们一到南京，当晚就住进了医院。三天以后，丁小武的头顶被开了一刀。

这些情况，丁点点都是后来才知道的。丁小武住院期间，柯又红每天和她微信聊天，她只说丁小武想在南京住几天，过几天再去苏州逛逛。这是丁点点的疏忽，她多次去过南京，如果多问几句他们去过什么地方游玩，柯又红肯定会露出破绽。他们根本没有离开医院。

丁点点是在第七天上午十一点接到柯又红的

电话的，她在电话里严肃地说："跟你说实话吧，我和你爸来南京不是为了旅游，是做手术。"

丁点点的脑袋立即膨胀了。出事了。她听医生介绍过，也上网看了很多资料，知道天津有一家医院，几乎是目前国内最权威的专门做帕金森病手术的正规医院。她没有带丁小武去，不是因为费用问题，更不是时间排不出来，而是手术成功率并不高。说它不高，是指手术之后，患者的症状并没有革命性的改变。也就是说，手术效果不明显。意义不大嘛。丁点点一听柯又红的话，第一个念头就是他们遇到江湖骗子了，赶紧问："还没做吧？"

柯又红说："做了。"

"怎么样？"丁点点话是这么问，心里却想，完蛋了，花点钱没关系，丁小武要白白挨一刀了。白挨一刀也就罢了，丁点点担心的是，这一刀会加速病情恶化。

"本来还不错的，没想到，伤口出现感染。"柯又红犹豫了一下，接着说，"医生说，如果只是伤口外面感染还好处理，担心伤口里面也被感染了。"

"医生检查了？"丁点点问。

柯又红说："医生正在检查，我想来想去，还是给你打个电话。"

丁点点说："给我地址，我马上赶过去。"

挂完电话后，丁点点跟季增石说了父母的情况。他说，你赶快去南京吧，我让奶奶过来带笑笑。丁点点立即上网，买了最近一趟去南京的动车票。

丁点点也知道，自己去南京，起不了什么作用。她不是神仙，甚至连个医生都不是，于丁小武的病情无补。但她知道自己的作用很大，非常大。丁小武现在处于危险的境地，而柯又红目前的处境是孤立无援。他们需要一个后援，需要一个精神上的支持和鼓励。此时得有一个人跟他们站在一起，他们两个人是站不稳的，是摇摇欲坠的。有了她以后，情况不一样了，三人成行了。这是一个牢不可破的结构。这点太重要了。

上动车之后，丁点点接到柯又红的电话，她说医生已经处理好丁小武的伤口了，只是外部感染，但医生要求，他这几天最好住到无菌病房里，对伤口的恢复有好处。丁点点说，立即转到无菌病房，不要考虑费用。柯又红说，我也是这么想的。

丁点点赶到病房时，已是晚上七点多了。隔着玻璃，看见呆坐在病床上的丁小武，他这次真的像伤兵了。上次出车祸时，他头上也受伤，纱布是从前到后绑一圈，有点像运动员受伤。这次纱布是由上而下包扎，跟影视剧里伤兵的包扎方式是一样的，看起来特别悲惨，也特别悲伤。

丁点点不能进病房，只能隔着玻璃叫了一声"爸"，丁小武没有反应，柯又红在边上，提高了声音说："点点来了，你的宝贝女儿来了。"

病房的走廊很安静，只有柯又红的声音在回荡。

丁小武的脑袋朝她们这边慢慢转过来了，他直直地看着丁点点。丁点点看见他喉结上下滚动几次，张开嘴。她似乎能听见他的声音，却不真切。那声音断断续续的，从他的嘴型判断，似乎是："你——怎——么——来——了——啊？"

丁点点感觉得到，那声音是空心的，是干枯的，甚至是腐朽的，好像是从地底下挤出来的。他来南京之前不是这样的，虽然讲话语速缓慢，但每个字是清晰的，是真实有力的。丁点点赶紧说："我来接你回家。"

他的姿势没有动，眼睛还是直直地看着她，又似乎是看着她身后无尽的远方，张了张嘴，似乎在问："笑——笑——呢？"

丁点点知道他关心外孙女，大声说："你放心，有她奶奶和季增石陪着呢。"

丁点点本想说"笑笑等着你回去呢"，又觉得这话过于哀伤了，好像他已经不行了，回不了信河街了。再说，看他在病房里的样子，未必能听见外面的话，就将话咽了回去。

柯又红这时欣喜地指给她看："你看，你爸的手是不是不抖了？"

丁点点仔细盯着他的右手看了一会儿了，是的，千真万确，他的右手不抖了。柯又红有点得意了。这是他们这趟出行的成果，是她的"战利品"，她有理由得意。丁点点当然为丁小武高兴，手抖是帕金森病的"特色"，这个"特色"已严重影响了丁小武的生活。让丁小武的手恢复平静，是柯又红的梦想。现在，这个梦想实现了，她没有理由不高兴。

看完丁小武，丁点点和柯又红从医院出来吃饭。她们走了一段不短的路，才找到一家稍微像样一点的酒家，名字叫淮扬人家。所谓"像样一点"，就是干净一点，不要看起来油腻腻脏兮兮。丁点点点了清炖蟹粉狮子头、烫干丝、松鼠鳜鱼和马兰头。柯又红每样只夹了一两筷子，说菜有一股"泥味"。丁点点的肚子是饿的，但没胃口。好像这顿饭只是为了完成一个仪式。一个吃饭的仪式。柯又红和她好像已经将该讲的话都讲完了。柯又红问季笑笑的情况，丁点点拨通了季增石的微信，让她和季笑笑视频聊天。她一见到季笑笑，脸上立刻焕发出了灿烂笑容，声音盖过酒家里的一切杂音。问宝贝在幼儿园听话不听话，问宝贝吃了没有，问宝贝乖不乖，问宝贝想没想外婆，她和宝贝有讲不完的话。

半个小时不到，她们结账离开淮扬人家。丁点点和柯又红住在医院旁的一家全季酒店，是家连锁酒店。酒店不大，好在干净。这是丁点点成年以后，第一次和柯又红共睡一室。感受相当奇特。有点陌生，却又如此亲近；有点疏远，却又如此亲密；有点忐忑，却又如此安然；有点排斥，却又充满好奇。两个人离得如此之近，却好像远隔万水千山；似乎有千言万语，却不知从何说起。

两人都没有讲话，丁点点先去卫生间冲了澡，然后是柯又红去冲澡。两人躺在床上，也没有开电视。丁点点用微信交代了两件旅行社的事，时间已是晚上十点半。柯又红看了她一眼说："睡吧。"

丁点点也看她一眼，点点头说："好。"

关了灯，各自钻进被窝。丁点点想了一会儿呆坐在无菌病房里的丁小武，觉得他太孤独了。但她没有伤心，迷迷糊糊中，很快睡着了。至少她是这样的。

第二天起来，天已大亮。酒店的装修很有特色，全部以竹子为原材料，房间以黄色为主调，显得特别亮，视野特别开阔。丁点点睁开眼睛，第一件事是去看邻床的柯又红，发现柯又红也正看着她。这一看，再加上昨天晚上一夜同宿，让丁点点觉得，她和柯又红的关系似乎发生了某种质的变化，仔细一想，却又没有变化。

早上，丁点点和柯又红去医院找主治医生。她怀疑柯又红私下给过医生"好处"，至少送过信河街的虾干、虾皮什么的。医生出乎意料地客气，首先说丁小武的伤口没有问题，只是外部轻微感染，已经处理好了，让她们不用担心；其次是极力描述手术的成功，从他的描述来看，这种成功是历史性的，是里程碑。丁小武是多么幸运。医生说得越好，丁点点越怀疑，总觉得他是在表扬自己，非常夸张地表扬自己。丁点点对他讲话的真实性产生了极大怀疑。

后来的事实证明，至少有一点，医生讲的是事实，丁小武的伤口确实被他们处理好了。三天之后，医生检查过他的伤口和身体指标后，表示可以出院。丁点点问："伤口上的线还没有拆，能出院吗？"

医生说："现在不用拆线了，可以被身体吸收；吸收不了，线头会自行脱落。"

但伤口还是明显的，刚好在脑门上，如一条一指长的大蜈蚣，有点触目惊心。丁点点去运动专卖店给丁小武买了一顶阿迪达斯运动帽：一是为了遮盖伤口；二是帕金森病人是"不喜欢阳光的生物"，日光直射，会加重病情的。

好了，丁点点去财务室结账，一共花了四万一千元。柯又红觉得太贵了：不就是在头上挖一个洞嘛，用得了这么多钱吗？这个数额丁点点能接受，她疑虑的是丁小武以后的身体状况。丁点点认为，手抖只是细枝末节，丁小武的整个身体机能和精神状态才是主干。如果这次手术是本末倒置，那就得不偿失了。

不过，值得高兴的是，终于可以回信河街了，而且是将他们两人完整带回去。还有比这更令人欣慰的事吗？

捌

　　在南京时，丁点点就发现了一个问题，丁小武说话含糊不清了，好像他的舌头被拉直了。丁点点以为是手术之后的暂时反应，总需要一段时间恢复嘛。回到信河街后，她发现，他的舌头卷不起来了。

　　丁小武是个很自尊的人，当他发现别人听不懂他的话时，立即选择了闭口不言。他原来就是一个沉默寡言的人，决定闭口不言后，他就成了一尊"雕塑"。除了吃饭和健身，他就木坐在卧室里。他不喜欢开灯，窗帘布拉得紧紧的。卧室里一片漆黑。他是黑的，沙发也是黑色的，他坐在沙发里，就像掉进黑暗里，和黑暗融为一体了。没有任何动静，好像凭空消失了。

丁小武当然在的。他成了非常顽固的存在。丁点点以前每两个月带他去一趟医院，让医生做一次检查，或者调整一下药量。他现在不去了。无论怎么劝说，他不动。

他的顽固还体现在吃药上，他只听自己的，只按照自己的节奏吃药。一天两次：上午十二点一次，下午五点一次。丁点点和柯又红劝他多吃一次，他坚决不吃。

丁小武不去健身馆了，开始跑步，选择去家边上的秀山公园跑步。他每天六点半起床，不吃药，跳着上卫生间，跳着去刷牙、洗脸，跳着去喝一杯牛奶，然后，换上跑步衣服，戴上丁点点在南京给他买的运动帽，跳着去秀山公园跑步。他不是一般性的跑，而是长跑，从早上八点，一直跑到十一点。绕着秀山公园，一圈又一圈。一圈是一点六公里，他每天跑五圈，少一点都不肯。他跑得跌跌撞撞，跑得气喘吁吁，跑得身体严重倾斜，跑得面目狰狞。可他一直咬着牙在跑，谁也阻止不了他的脚步。

丁小武的跑步风雨无阻。他不管。他的目的是跑，至于天气，他不在乎。跟他没关系的。

有关系的是柯又红。她不想让丁小武跑。也不是不想让他跑，而是不想让他这么跑。这哪里是跑步？是玩命嘛。但是，柯又红阻止不了。她劝过丁小武，跑步是好事，医生也说了，"适当跑步有好处"，但丁小武已经完全超越了"适当"。柯又红对他说："咱们慢慢跑，跑一个小时就够了。"

丁小武没有回答，他已经迈开脚步了，这一迈开就是三个小时。时间不到，他是不会"踩刹车的"。柯又红能把他锁在家里不让出门吗？不能。能在他跑完一个小时后拉住不让跑吗？她当然拉过，她一拉，丁小武就停下来。但丁小武一直处于"待机状态"，她一松手，他又跑起来了。拉回家里也没用，他照样跑出去。

柯又红做了一个意想不到的决定，她上网买了亚瑟士的运动行头，还帮丁小武买了亚瑟士的运动帽。她陪他一起跑，一起风雨无阻。

柯又红这么做有两个原因：第一，她确实不放心丁小武一个人跑，她得跟着，反正他跑得也不快，她跟得上。第二，她发现，跑步之后，丁小武虽然还是没有开口讲话，但他脸上似乎有了若隐若现的笑容。对柯又红来讲，这笑容就是阳光，就是甘露，是世间的瑰宝。只要丁小武愿意，只要他高兴，她做什么事都愿意。

这就是柯又红最大的改变了。她的改变是从丁小武生病开始的。这个家，原来是以她为中心的。她心情的风雨阴晴，决定了这个家的喜怒哀乐。丁小武每天看她的脸色行事，小心翼翼，战战兢兢。现在反过来了，丁小武谁的脸色也不看，也不给任何人脸色。他完全活成了自己。这个时候，柯又红变成了以前的丁小武，她每天小心谨慎地观察丁小武的脸色，她知道丁小武不会生气，可总是担心丁小武不高兴。她变得絮絮叨叨了，不停地对丁小武说话，什么话都说，连去菜场买菜的见闻都说，连昨天晚上做的梦都说，甚至连小区里两只宠物狗打架也说。事无巨细，不厌其烦。她知道丁小武不会给她反应，可依然在说。她的絮絮叨叨变成了自言自语，成了一道风景。用季笑笑的话说，"哦喔，外婆是一台讲话机器"。

柯又红的变化让丁点点吃惊。这不是她想象中的柯又红，她应该居高临下，应该盛气凌人，应该神经质，应该让人难以捉摸。可是，现在的她，变得如此婆婆妈妈，如此琐碎繁杂，如此家长里短，如此普通平凡。原来那个柯又红呢？

丁点点一时不能适应，难以接受。

李其龙经常来坐坐。他一来，柯又红异常热情，连忙对着卧室喊："你的朋友李其龙来了。"

丁小武从卧室跳出来，坐在客厅的沙发里，面无表情地看着李其龙，连眼睛也没有眨一下。都是李其龙在讲。李其龙告诉他最新进展，他和一家投资公司签了合作协议，对方投资一点五亿，共同打造"麒麟"品牌。李其龙告诉他，第一期五千万已经打入账户了。李其龙告诉他，自己又买房了，又买跑车了。他想明白了，生意要做，而且要做好，生活上也不能亏待自己。李其龙告诉他，自己还是想和他一起做事，一起将"麒麟"打造成世界品牌，他非常有信心。现在资金有了，如果有了他的加盟，他会更加有信心。李其龙每一次都是以这样一句话结束会面："好了，这次就聊到这里。你再想想，下次来时，你将决定告诉我。"

柯又红留李其龙吃饭，李其龙总是说："下次，下次一定留下来吃。"

李其龙开门离去，丁小武的眼睛依然看着他离去的方向，然后，他不声不响地站起来，跳回卧室。

季笑笑读小学一年级了。丁小武得病已经六年。他除了每天早上三个小时的跑步，其他时间都在卧室枯坐。他已经很久没有讲一句话了，甚至连眼睛都很少眨。他成了一个"活死人"。这话是季笑笑说的，她偷偷对丁点点说："哦喔，我觉得外公已经死了。"

丁点点问她："你知道什么是死吗？"

她说："就像外公那样一动不动呀。"

丁点点很认真地告诉她："外公不是不动，是不想动。他太累了，需要休息。"

"哦喔。"小家伙似懂非懂地点点头。

那年中秋节后的一个周末，下午三点，家里门铃响了，是柯又红去开的门。两个人的眼神对了一下。虽然这么多年过去了，柯又红还是一眼就认出了她。没错，是董南妮。柯又红第一句话是脱口而出的："你来干什么？"

柯又红的口气是生硬的，态度是鲜明的。

董南妮变化不大。她的娇小是没法变的。三十多年过去了，她还是那么瘦，还可以用清秀来形容。她的眼睛还是那么大、那么黑，皮肤还是那么白。她化了淡妆，看得出来，皮肤不如以前细腻、紧致了。这是岁月的痕迹，谁也不能幸免。发型变了，她以前扎着一个马尾辫，现在剪成了露耳短发。董南妮肯定也认出柯又红了，她朝柯又红身后看了一眼："我来看看丁小武，听说他病了？"

董南妮声音很轻，但她咬字清晰，每一个字都说得明明白白。她的声音是有力量的，不是从嘴里飘出来，好像是从胸腔里钻出来。她的表情有点腼腆，但声音似乎更能代表她的内心。她是坦然的。

"小病，问题不大。"柯又红依然站在门口，一手抓着门的把手。她的姿态很明确，她不想让董南妮进门。这不是待客之道。但是，对于柯又红来讲，她从来没有将董南妮当作客人。她可以接受世界上的任何人，但董南妮除外。她没有下逐客令，是看在丁小武的面子上。

"我想见一见他。"董南妮讲这句话时，态度是坚决的，她的口气里没有祈求，更不是商量。

"他在休息。"柯又红的回答坚定而决绝，是没得商量的。

"我要见他一面。"董南妮毫不气馁，更是毫不退缩，"我欠他一笔钱，我来还债。"

柯又红想起来了。她其实早就应该想起来，那笔十万元的钱，她怎么可能忘记？虽然丁小武后来将账目补齐了，但她知道，他是从李其龙那里借来的，她只是不说破而已。说破有什么意义？她不能逼着丁小武去向董南妮要债。她不想丁小武再见到董南妮，即使能要回十万元也不想。

"这些年，我办作文培训班。"董南妮抬了抬手中的黑色皮包，接着说，"这些钱都是我办培训班赚来的。"

柯又红犹豫了。谁愿意和钱过不去呢？当然，也不完全是钱的问题。她显然是被董南妮的行为打动了，她一直没有忘记还债，一直记挂在心上。这样的人值得尊重。应该让她见丁小武一面。柯又红犹豫的原因是她和丁小武曾经的关系，这是柯又红这辈子最大的禁区，是个死角，谁也不能碰，谁碰炸谁。

"我只想见一面，这是最后一面。"董南妮看着她说。

花言巧语。柯又红不会相信这样的言辞，她不相信甜言蜜语，更不相信信誓旦旦。她不会被这样的说辞打动的，她说："你把钱交给我就行。我会转告他的。"

"我必须见他一面，否则我于心不安。"董南妮看着柯又红，过了一会儿说，"我听说他得了帕金森病，已经失智了。如果需要的话，我随时可以来帮你照顾他。"

"不需要。"柯又红毫不犹豫地说，她突然提高了声调。她被董南妮那句话惹怒了，她不需要别人来照顾丁小武，更不需要董南妮。但是，说出这三个字后，她居然松开了门把上的手。

柯又红让董南妮到客厅，她去卧室扶丁小武。丁小武是自己跳出来的，他看见了董南妮，身体似乎颤抖了一下。董南妮看着丁小武，往前走了一步，马上又停了下来。丁小武跳到沙发边，坐了下来，依然看着董南妮，似乎又没有看着她。

董南妮这时转向柯又红，问道："真的失智了?"

柯又红说："他认得你。"

“真的？”

“他对你笑了。”柯又红冷笑了一声，接着说，“他对别人不笑的。”

董南妮原本想在沙发上坐下来的，一听柯又红这么说，弯下去的身体立即拉直了。她向前一步，打开黑色皮包的拉链，从里面拿出一捆一百元的钞票，轻轻放在丁小武面前的茶几上。然后，她退后一步，对丁小武鞠了一躬。当她抬起头来时，已经是满脸泪水了。她捂着嘴巴，对柯又红也鞠了个躬，转身冲出门去。

这是柯又红没有料到的。直到董南妮跑下楼去，她才回过神来。当她转头去看丁小武时，发现他的眼睛里似乎也噙着一汪晶莹的泪水。

柯又红看着丁小武，她发现，自己突然之间就不恨董南妮了，甚至产生了喊她回来的冲动。当然，她没有开口。怎么可能呢？

丁小武依然木然地看着董南妮离去的方向。

柯又红慢慢走过去，在丁小武身边坐下来。坐了一会儿，突然呜呜呜地哭起来。

2024年2月3日定稿于杭州

创作谈

勇敢

1.爱是容易的，又是不容易的。这话矛盾了，也不矛盾。对于年轻人来讲，爱上一个人，是最简单的事。一句话、一个眼神就行。这是对的，却又不对。年轻人的爱，是不确定的，既直截了当，又千回百转。人生的悲欢离合，大多始于青年时期。或者说，在那个时期就埋下线索了。

2.年轻人依靠身体推动爱。身体是爱的发动机。老年人不是，老年人依靠的是记忆，在很多时候，身体还没反应，记忆已飞奔而至。

3.身体的爱往往激烈，像坦克，摧枯拉朽，轰轰作响。记忆的爱往往舒缓，像流水，静静流淌，绵延不绝。

4.人是依靠爱建立起来的动物。没有爱，人不可能直立行走。

5.在很大程度上，爱是想象的产物，无论是身体还是记忆。年轻人会放大对爱的想象，特别是美好部分。同时，也加深了对爱的挑剔。说白了，在年轻人那里，爱等于美。爱必须是完美无瑕的。一点点瑕疵都不行。所以，年轻人的爱必定是矛盾重重的，矛盾来自锱铢必较，来自日常。日常是泥沙俱下的，更是残缺不全的，甚至是黑白颠倒的。年轻人不接受，更不妥协。于是，战争产生了，轰隆轰隆，硝烟弥漫，天昏地暗，日月无光。惨烈了。

6.老年人的爱也要面对日常，但姿态是隐忍的。隐忍来自宽恕。宽恕源自岁月的淘洗，更源自遗忘。遗忘是老年人的特权，是修养，更是手段。然而，隐忍不是爱的本质，爱的本质是表达，是行动。即使缺少表达的爱也是一种行动。只要涉及表达，就会出现偏差。偏差是委婉的说辞。偏差会产生误会。误会便产生裂痕，裂痕演变成决裂。无关年龄，无关男女。从这个角度说，隐忍只是爱的表象。

7.爱无法定义，因为形态各异。相对而言，中年人的爱是最沉重的。这不是责任问题，却又无法回避责任。责任大约是中年之爱的最大特征，至少是之一。如果说，年轻人的爱是想象，老年人的爱是记忆，那么，中年人的爱大约是现实——既心甘情愿置身现实，又每时每刻想脱离现实。

8.爱不是人类特有属性。但是，爱关乎另一个命题，那就是勇敢。爱是动物的本能之一，勇敢却是人类的宝贵品质。只有勇敢，才能让爱来自日常又超越日常，才能让每个人变得温暖。温暖是创造世界的动力。

2024 年 6 月 10 日于杭州

后记

一束光

　　父亲确诊帕金森病后，我跟他开玩笑，作家巴金和拳王阿里得的也是帕金森病，从今往后，您跟名人"平起平坐"了。父亲看着我，面无表情。我猜不透父亲此时的心情，但我知道，这个表情此后将是父亲的常态。这也是他的病症之一。

　　父亲最早被发现不对劲，是他在路上好好骑着自行车，自行车突然不听使唤，连人带车冲进路边水沟。毫无征兆。毫无商量余地。我后来知道，问题不在自行车，而在他的双手，也不完全是他的双手，包括他的身体，不听脑子指挥了，自行其是了。父亲是个沉默的人，沉默的人往往自尊，什么事都放在心里。连人带车摔进路边水沟的事，没有任何光彩可言，他不会对我们说，也不会对任何人说。但是，不说不等于没发生，不等于没人知道。自从有了第一次，父亲就跟水沟较上劲了。每一次"事故"发生后，父亲奋力将自行车从水沟推上来，拍拍坐垫，好像是责备，也好像是安慰，然后，故作轻松地跨上自行车，继续上路。好像什么事也没发生。后来，有人将此事告诉了母亲，母亲将此事告诉了我，我"押解"父亲去医院检查。医生很肯定地告诉我，是帕金森病，你看你父亲的脸，是典型的面具脸；你再看看他的右手，间歇性地颤抖。这两个是帕金森病的典型症状。

我记得，那是二○○六年的夏天。也是从那时起，父亲开始知道自己是个病人，知道自己得的是帕金森病，也开始了每天与药相伴的日子。

　　帕金森病没有特效药，但有缓解症状的药。医生给父亲开了三种药：森福罗、珂丹和美多芭（后来换成息宁）。按照医生要求，一天吃三次药，早上起床前、中饭前和晚饭前。为什么是这三个时间点？医生是根据父亲的病情和帕金森病的发病特点做出判断的，也符合生活逻辑。帕金森病的特点除了手抖外，另一个明显症状是身体僵硬，先从后脑勺开始发硬，逐渐蔓延全身，直至身体完全失控。吃药之后，身上的血脉得到疏通，僵硬缓解，身体恢复了感觉，能够接收到脑子的指令，顺畅了，灵活了，"活"过来了。又是一条好汉了。

　　父亲对谁也没说，自作主张将三次用药减成

两次——他将起床前那次省略了。原因是从吃药开始，父亲也开始了他每天早上的长跑。问题是，他没吃药，身体完全是僵化的，做出的动作是机械的，跟机器人一模一样。那还怎么跑步？但是，父亲不管，他跑步前坚决不吃药，无论母亲和我怎么劝说，他都沉默以对。他不肯张开嘴巴吃药，谁也不能硬灌是不是？

父亲是在阳台上跑步的。我们家阳台是个小型停车场，可以停二十辆汽车。早上，绝大部分汽车上班去了，父亲成了阳台的主人。我偷偷观察过父亲的跑步。刚开始阶段，基本不能算跑。他的双脚无法同时离地，连单腿离地都很困难。父亲咬着牙，身体前倾，用身体前扑的力量推进。慢慢地，双手摆动了，两个膝盖能弯曲了，双腿也有了同时腾空的空间。站在三十米之外，我似乎能听到他沉重的呼吸声。

两个多小时后，跑步结束。父亲在阳台上不快不慢地走着。这个时候，他的脚步是轻快的，似乎通过两个多小时的跑步，他克服了身体和精神上的障碍，跨越到了另一个层面。我不知道父亲抵达到哪个层面，那里是什么画面。我猜想，那肯定是人间仙境，是形而下的，也是形而上的。我只能猜想父亲的愉悦，包括身体和精神上的愉悦。这一点，从他脸上可以看出来，他脸上挂满了汗珠，更主要的是，他脸上渗透出微微笑意，他的汗珠和笑意似乎变成了一束光，照亮了他的身体，也照亮了我的眼睛，更照亮了整个世界。

想念父亲。

2024年5月9日于杭州

2025年4月6日改定于杭州